JN166188

生け贄の花嫁

スザンナ・カー 作

柴田礼子 訳

ハーレクイン・ロマンス

東京・ロンドン・トロント・パリ・ニューヨーク・アムステルダム
ハンブルク・ストックホルム・ミラノ・シドニー・マドリッド・ワルシャワ
ブダペスト・リオデジャネイロ・ルクセンブルク・フリブール・ムンバイ

THE TARNISHED JEWEL OF JAZAAR

by Susanna Carr

Published by Harlequin Japan, a Division of K.K. HarperCollins Japan, 2025

スザンナ・カー

10 歳から熱心なロマンス小説読者だったが、家では禁じられていたため、図書館や双子の姉がこっそり隠し持っているものを読んでいたという。大学卒業後、本格的にロマンス小説を書き始めた。現在、アメリカ北西部沿岸に家族と暮らす。

主要登場人物

ゾーイ・マーティン……………………治療師。
タリーフ…………………………………ゾーイの母方の叔父。
ファティマ………………………………ゾーイの従姉。
ムサド・アリ……………………………ゾーイの元恋人。
ナディール・イブン・シハブ…………ジャザール王国のシーク。
ラシード…………………………………ナディールの弟。
アミナ、ハリマ…………………………メイド。
グレイソン………………………………ナディールの警護隊長。

1

二年前に犯した軽率な過ちのせいだ。

雑念をわきに押しやった。今、そんなことを考えてもしかたない。この結婚で信頼を回復すれば、僕がジャザール王国の伝統に忠実であることを疑う者はいなくなるだろう。

ナディールは車を降りた。黒いマントが強い風にはためき、筋骨たくましい体にディスターシャが張りついて、頭につけた白いカフィーヤがうしろにふくらんだ。民族衣装は動きにくいが、今日は風習に敬意を表して着ている。

弟のラシードが近づいてきた。やはり珍しい民族衣装姿を見て、ナディールはほほえんだ。二人は挨拶に抱き合った。

「自分の結婚式にずいぶん遅れたものだな」ラシードが低い親しげな口調で言った。

「僕がいなければ式は始まらない」

兄の横柄さにあきれたように、ラシードがかぶり

夜のとばりが砂漠に下りるころ、黒い四輪駆動車が村のホテルの前にとまった。大きいが簡素な建物だ。中庭を守るアーチや円柱は花輪で飾られ、太い椰子《やし》の木には豆電球が巻かれている。円柱の奥からは民族音楽が聞こえてくる。遠くで打ちあげられた花火が夜空にはじけ、シーク・ナディール・イブン・シハブの到着を告げた。

いよいよ花嫁と対面するときが来たのだ。

ナディールは花嫁になんの興味もなかった。好奇心もなければ、不安もない。妻を迎えることは目的を達成するための手段にすぎない。自分の意思とは関係のない、政治的な取り決めに。こうなったのも、

を振った。「本気で言っているんだ。これでは部族に対する埋め合わせにならない」

「わかっている。これでも精いっぱい急いだんだ」

神聖な場所をめぐる二つの部族の争いを調停するのにほとんど一日を費やしてしまった。たとえ自分の結婚式当日であっても、シークの務めを果たすことは祝宴より重要なのだ。

「そんな言いわけは長老たちには通らない」ホテルに向かいながら、ラシードが言った。「二年前、兄さんは長老たちの顔に泥を塗るようなまねをしたんだ。きっと遅刻も許されない」

弟から説教される気分ではなかった。「僕はこれから彼らが選んだ女性と結婚するんだぞ」

この結婚は、ナディールに敬意を払いつつも恐れている有力な部族との、いわば同盟だった。砂漠のこのあたりで、彼は野獣と呼ばれている。鬼神を怒らせてしまった人間さながら、長老たちは若い乙女を花嫁として捧《ささ》げようとしていた。

ナディールは長老の列に近づいた。全員が一張羅を着込んでいる。そのしかつめらしい顔を一瞥《いちべつ》して思った。ラシードの言うとおりだ。長老たちは僕に不満らしい。国を近代化するためにこの部族の協力が不可欠でなければ、無視してやれるのに。

「申しわけありません」ナディールは長老たちに深々と頭を下げ、遅れたことに心から遺憾の意を示した。遅刻を侮辱と受けとめられてもかまわないが、義理は立てなくては。

長老たちはナディールを中庭に導き入れた。古代の聖歌が太鼓の伴奏とともに大気を伝わってくる。その響きが胸の奥のなにかを揺さぶったが、唱和するつもりはなかった。どんなに招待客がシークと部族の女性との結婚を喜んでいても、ナディールはこのなりゆきに満足していなかった。

「花嫁についてはなにか知っているのか？」ラシー

ドがナディールの耳にささやきかけた。「ふさわしい女性でなかったらどうする?」

「それはどうでもいい」ナディールは弟に耳打ちした。「同居するつもりはない。結婚して、床入りはするが、結婚の儀式が終われば、彼女は王宮のハーレムに住む。何不自由なく暮らせるし、僕も好きに動ける。うまくいけば、二度と会うこともない」

ナディールは群衆を見渡した。男たちは通路の片側に集まっている。だれもが白い服を着て、聖歌を歌い、手をたたいて、もっと速く踊れと反対側の女たちをあおっている。女たちのいる側は色とりどりだ。みんなきわどいほどに腰をくねらせ、無言で男たちをからかっている。金糸を織りこんだゆったりした服が引っぱられるたび、官能的な体の曲線が浮きあがる。

突然ナディールの到着に気づき、群衆の中にざわめきが小波《さざなみ》のように広がった。唐突に音楽がやみ、だれもが動きをとめて彼を見つめた。自分の結婚式なのに、歓迎されない客になったような気がした。

政治家から使用人に至るまでその目に警戒心を見るのには慣れている。国際ビジネスの場でジャザールの資源を奪おうとする試みをうまく阻めば、ジャッカルのように狡猾《こうかつ》だと非難される。ジャーナリストたちは、蠍《さそり》の尾の冷酷な毒針で国をおさめていると書きたてる。断固とした攻撃でジャザールを残忍な反逆者から守ったときには、毒蛇にまでなぞらえられた。そんなシークを、国民は恐れているかもしれない。だが、自分たちが決して見捨てられないことを知っている。

ナディールはラシードについて通路を進んでいった。招待客もしだいにお祭り気分を取り戻し、彼に薔薇《ばら》の花びらを振りかけながら大声で歌った。三日間にわたる結婚の儀式が始まって、安堵《あんど》しているようだ。男たちの満面の笑みと女たちの甲高い歌声に、ナディールは顔をしかめた。まるで野獣の飢えを満たしたと思いこんでいるようではないか。

目はまっすぐ中庭の奥を見すえていた。中央にしつらえられた台座には、長椅子に両わきを固められた金の王冠のような椅子が二脚。その一脚で花嫁が彼を待っている。頭を低く垂れ、両手を膝にのせて。

真紅の伝統的な花嫁衣装を着ている彼女を見て、ナディールの足取りが遅くなった。厚いベールが髪を隠し、顔を縁取って、肩から腕へと流れている。ぴったりした身ごろには金のビーズがちりばめられ、小ぶりの胸とほっそりしたウエストがそれとなく見て取れる。金襴《きんらん》のたっぷりしたスカートに置かれた華奢《きやしや》な両手には、凝った模様がヘナで描かれていた。

ナディールは彼女を見つめ、眉をひそめた。なにか違う。この花嫁はどこか妙だ。その理由が稲妻さながらひらめき、通路の途中で足がとまった。

「ナディール！」ラシードが耳ざわりな声でささやいた。

「わかっている」衝撃が彼の中に波紋のように広がり、声が低く荒々しくなった。

目の前にいる女性は、シークにふさわしい純粋なジャザール人の花嫁ではない。

彼女は混血だ。こんな女と結婚する男はいない。部族の長《おさ》は僕をだましたのだ。怒りが燃えあがるのにまかせ、じっと立ち尽くした。僕は誠意を示すために、部族の選んだ女性との結婚に同意した。そのお返しが、アメリカ人との混血の娘か。

侮辱だ。ナディールは感情を抑えこみ、険しい顔で考えた。部族は、西洋かぶれで現代的な僕には伝統的なジャザール人の花嫁の真価がわからないと決めつけたのだ。

「よくもこんなまねを」ラシードがうなるように言った。「国王がこのことを知れば、この部族を公式に追放して――」

「だめだ」決断は迅速で断固としていた。気に入らないが、この結婚はより大きな利益につながると直感が告げている。「僕は彼らの選択を受け入れた」

「ナディール、そこまでする必要はない」

「いいや、かまわない」

部族は、僕が彼女を拒むのを待っている。伝統を否定し、ジャザールのしきたりを理解していないことを証明するのを。

そんなことはしない。二度と。

長老たちは僕がそう考えることまで見抜いている。この卑しむべき女を花嫁として受け入れよう。そして、結婚式がすんだら、部族の長老たちに順番に思い知らせてやろう。

「僕は反対だ」ラシードが言った。「シークは混血と結婚してはいけない」

「それはそうだが、僕には花嫁が必要だ。この部族の女ならだれでもいい。面倒なのは一緒だ」

「だが……」

「心配するな、ラシード、計画は変えるつもりだ。彼女を王宮には住まわせずに、山間《やまあい》の離宮に送りこむ」この女と、この部族に侮辱されたことを隠そう。こんな花嫁のために莫大《ばくだい》な支度金を払ったことを、わざわざ世間に知らせることはない。

ナディールは無理やり歩を進めた。白熱した怒りは、花嫁に近づくにつれて氷のように冷たくなった。真紅の唇とコール墨で縁取られた目のせいで、肌の青白さが目立つ。ルビーとダイヤモンドをより合わせた太いヘアバンドが髪の生え際を飾り、首には何連ものネックレス、両腕にはいくつもの金のブレスレットが重ねられている。

ジャザール独特の花嫁の身なりをしていても、純粋なジャザール人でないのは明らかだ。伏せた目と伸ばした背筋もその本性は隠せない。頭の傾け方は反抗的だし、強烈なエネルギーが感じられる。

しかも、性的な魅力がはっきりと伝わってくる。花嫁は本来、はにかんで控えめなはずだ。ところが彼女は、暗い砂漠の夜にかがり火のそばで踊るエキゾチックな裸足《はだし》の乙女のようだ。

花嫁がまつげの下から用心深くあたりをすばやくうかがった。ナディールはその視線をとらえた。目が合ったときの彼女の衝撃が感じ取れた。

人の視線をとらえて放さない黒い瞳を見て、ゾーイ・マーティンは痛いほど勢いよく血が駆けめぐるのを感じた。どうしても目が離せない。まるで荒れ狂う嵐に遭遇したような気がした。

お願いだから、この人が結婚相手ではありませんように！　ハネムーンの間、夫をだましつづけなくてはならないのに、この男性は危険でとても計画は実行できないとひと目でわかったのだ。

シーク・ナディール・イブン・シハブはハンサムではなかった。目鼻立ちは鋭く荒削りだ。砂漠の民ベドウィン特有の鼻から力強くとがった顎に至るまで、直線と鋭角でできている。そいだような頬に、中央が切れこんだ顎の先。厚い唇がいくらか雰囲気をやわらげてはいるものの、口元は皮肉っぽくゆがみ、短気だと警告している。彼に近づく者はいないか、いたとしたら厳しい攻撃を受けるに違いない。

金色をおびた褐色の肌を引きたてるパールホワイトのディスターシャは、たっぷりしているが、引き締まった長身は隠せない。彼が動くたびに、むだのない筋肉に目が引き寄せられる。彼の優雅さは見かけだけ。富と特権に満ちた世界で育っていても、この男性には容赦のない苛酷な砂漠がふさわしい。彼には砂漠の荒涼とした美しさと残酷さがある。

シークは表情を変えず、なんの感情も見せないが、白熱したエネルギーが迫ってくるのが感じられ、ゾーイはたじろいだ。大胆な視線に肌がぴりぴりし、思わず腕をさすった。腕をまわして体をかばいたい。

なぜか彼の要求は無視しなければならない気がする。

要求？　ふいに恐怖にとらわれ、胸が苦しくなった。どうしてこんなふうに感じるの？　まだ指一本触れられてもいないのに。

一刻も早く逃げなくては。急に抗しがたい思いに駆られた。耳の奥で鼓動が鳴り響き、喉が締めつけられて息がつまる。自衛本能が逃げろと告げているのに動けない。

「ごきげんよう《アッサラーム・アライクム》」シークが隣に座って挨拶した。

男性的なざらついた声に、ゾーイは身震いした。声は穏やかでも、堂々とした口調がからみついてくるようで、自分にもわからない体の奥の謎めいたなにかに働きかけてくる。下腹部がうずいた。

「会えてうれしいよ」

礼儀正しい物言いだ。英語で話しかけられたのに気づき、ゾーイははっとした。急に動いたせいで、いやというほどつけている金の装身具が音をたてた。

もう長い間、母国語を聞いていない。涙をこらえると目の奥がひりひりするのがわかり、懸命に平静を取り戻そうとした。

シークが英語を話すくらいで驚いてはいけない。アメリカで教育を受け、頻繁に海外に出て、ジャザールで使われるすべての方言ばかりか数カ国語を話せるのだから。彼が海外に出ることが、この結婚を承諾した理由の一つだ。

しかし、好奇心には勝てなかった。この男性が見返りなしになにかをするとは考えられない。尋ねる声が震えた。「どうして私に英語で話すの？」

「君はアメリカ人で、英語は君の母国語だ」

ゾーイは顔を伏せたままそっけなくうなずくと、握り締めた手をじっと見つめた。かつては私の言葉だった。叔父が禁止するまでは。「でも、ここでは使われていないわ」ささやくように言った。

「だからいいんだ」シークが中庭を見渡しながら無

愛想に言った。「英語を僕たちの言葉にすれば、人に話を聞かれることもない」

なるほど。さっそく二人の間に共通点があることを強調したいのね。あるいはせめてその幻想を。巧妙な作戦だけれど、その手にはのらないわ。

「式の間、私は口をきかないことになっているの」

シークが再び視線を向けるのが感じられた。二人の間に渦巻くエネルギーがさらに活気づく。「だが、僕は君の話を聞きたい」

私がよき花嫁かどうかテストするの？「頭を下げて、口を閉じているように、叔母に厳しく言われているの」

「君にはだれの意見が大事なんだ？」その声からは尊大さが聞き取れる。「叔母か、それとも夫か？」

どちらでもないわ。ゾーイはそう言いたかった。けれど、そうしたい気持ちはやまやまでも、ここは従順なふりをしなくてはならない。「あなたに従うわ」言いながらむせそうになった。

シークがざらついた声で小さく笑った。「君がその言葉を忘れなければ、僕たちはうまくいく」

辛辣に言い返したりしないよう、ゾーイは歯を食いしばった。そこへ最初の長老が台座にやってきた。予想どおり、長老はゾーイを無視して、シークにだけ話しかけた。

ゾーイは膝に置いた両手をゆっくりとねじり合わせた。しかし、激しい痛みも不安な思いから気をそらしてはくれない。慎み深い表情を崩すつもりはないが、しくじるのは時間の問題だ。家族もそれを知っている。非難がましくにらみつける叔母たちの熱い視線に、ベールが焼けて穴があきそうだ。

外見も態度も一族の期待にそっていない。昔からだ。顔は色白すぎ、上品でもなく、女性的な魅力もない。でも、ベールで顔を隠していれば差しつかえない。あるいはうつむいて、ものおじしない大きな瞳を隠していれば。模範的な娘ではないことくらい自覚している。話し声は大きく、歩くのも速い。しかも、何度言われても、身のほどをわきまえない。

やはりアメリカ人だ。やはり厄介者だ。とにかく手に負えない。

親戚は彼女を従順にすべく、思いつく限りの残酷な折檻《せっかん》によって変えようとした。飢えさせる。眠らせない。鞭《むち》打つ。だが、どれも効果はなかった。ゾーイはますます反抗的になり、地獄から抜け出す決意を強めた。私の自由が、完璧な花嫁のふりにかかっているのでなければいいのだけれど。

最後の長老が台座を離れると、またシークの視線が感じられた。緊張したが、両手から目を離さなかった。私は不適格？　それともテストに通ったの？

「君の名前は？」シークが尋ねた。

ゾーイは目を見開いた。知らないの？　女性が結婚式当日に夫から聞きたい言葉ではない。偽名を告げたい衝動をこらえた。それができればいいのに。でも、そうしたところで相手はちっとも困らない。

「ゾーイ・マーティンよ」

「年齢は？」

結婚できる年齢。口から出かかった返事をこらえた。「二十一」

シークが私のことをなにも知らないなんてことがありうるかしら？　自分が結婚する相手のことを知りたくなかったの？　気にならなかったの？

「テキサスなまりかな？」

テキサスにいたころの思い出がふいによみがえり、ゾーイは唇を嚙《か》んだ。家族の一員だと感じられたころ。愛され、守られていたころ。今では叔父の奴隷だ。

「耳がいいのね」かすれ声で応じた。「なまりはもうなくなったと思っていたわ」ほかのすべてとともに。

「テキサスはここからは遠いな」

彼が本当はなにをききたいのかわかる。それがどうしてジャザールに来るはめになったんだ？　そのことなら私自身、何度も知りたいと思ったわ。「父は人道的医療機関の医師で、ジャザールを訪れたときに母に出会ったの。だれも私のことを説明しなかったの？」

「知るべきことはすべて知らされた」

好奇心がうずいた。私のなにを知らされたのかしら？「どんなこと？」はたして知りたいのかどうかわからないが、召使いが台座に料理の皿を運んでくるのを見ながら尋ねた。

シークが肩をすくめた。「この部族の女性で、結婚できる年齢に達していること」

ひと呼吸待ってから続けた。「ほかには？」

「ほかになにを知る必要があるんだ？」

ゾーイは目を見開いた。彼の無関心さにあっけに取られたが、ありがたく思うべきだと自分に言い聞かせた。彼が質問したり、情報を求めたりしないほうが好都合だ。そんなことをすれば、私がどんな女かわかってしまうのだから。

結婚を祝うごちそうにはほとんど手をつけなかった。ふだんは旺盛な食欲がある。ありすぎるくらいなのに、今夜は香辛料の香りに圧倒された。

食事が終わるとさっそく、幸せなカップルに祝辞を述べようと招待客たちが台座に近づいてきた。ゾーイは自分に声をかける者がいないことを喜んだ。隣に座る男性を意識するあまり、ほとんどなにも耳に入らなかった。

「この女のことで手いっぱいになられますよ、殿下。いつも問題を起こしてばかりいるんですから」

非難の言葉が耳に飛びこみ、つい顔を上げた。伏せていなくてはならないが、自分のことをシークに警告する者がいるのに驚いたのだ。結婚させて私を部族から追い払いたかったんじゃないの？

この裕福な店主の妻には毛嫌いされていて、店にも入れてもらえなかったのだ。

「行儀を覚えさせようと、長年、だれの手にも負えない貧しい病人の世話をさせられていたんですよ」店主の妻がまくしたてた。

病人の世話は、部族の中では使用人の仕事だ。だが、ゾーイはかまわなかった。それこそしたいことだったから。看護学と民間療法にも興味があった。

「ゾーイ」シークが言った。「もう病人の世話はしなくていいぞ」

どう応じればいいかわからず、眉をひそめた。

「いいの。重労働は苦にならないし、得意だから」

「ゾーイ！」店主の妻が憤慨したような口ぶりで言った。「ジャザールの女性は控えめでなくては」

シークが椅子から立ちあがった。いやでもその堂々とした長身に気づかないではいられない。彼は、台座に向かってくる最高位の長老を身ぶりで示した。

店主の妻が勝ち誇ったようにほほえんで、足取りも軽く離れていった。長老が近づいてきた。

シークは胸にてのひらを当て、長老に言った。

「ゾーイを妻にする栄誉を与えていただき、ありがとうございます」

長老は驚きを隠せなかった。近くにいる招待客はさっそく手やベールで口を隠して興奮したようにささやき交わした。ゾーイは安堵など感じなかった。むしろかすかな疑念を抱いた。栄誉？　私のことをなにも知らないのに。

「私は喜んで彼女を守り、養います」シークが続けた。明朗で力強い声だ。「彼女は何不自由なく暮らすことになるでしょう」

ひそひそ声が大きくなるにつれ、ゾーイの疑いは深まった。シークはなにを企《たくら》んでいるの？　男性がこういう約束をするときには、たいてい正反対のことをするものだと身をもって知っている。叔父のタリーフが私を引き取って面倒を見ると約束したときのように。私は叔父に遺産を取りあげられ、住みこみの無給の使用人になったのだ。

「彼女はシークの妻として、昼も夜も私の世話をしてくれるでしょう」シークが言った。

招待客が喝采し、ゾーイは頭を下げた。胸に怒りが渦巻いた。部族は私がシークに気に入られたことを喜んでいる。彼がいつも私をそばに置けば、私は病人を看護する時間を持てない。

働くことがどんなに大切か、この男性はわかっていない。両親が存命中は、母と一緒に地元の病院でボランティアをした。わくわくする体験で、あのとき自分も父のような医者になりたいと思った。

父とともに診療を行う夢は、両親の交通事故死によって打ち砕かれた。そして、外国でよく知らない親戚と一緒に暮らすはめになった。言葉の障壁、不慣れな食べ物、歓迎してくれない人々に苦しめられた。けれど、治療師が病人を治すのを見たとき、慣れ親しんだ場所に戻った気がした。

数カ月のうちに治療師の助手になった。罰としてあてがわれた務めだったが、ゾーイは学びたかった。気の毒な女性たちが男性治療師の診察を受けたがらないのを知ると、しだいに女性患者を引き受けるようになった。それがゾーイなりに家族の遺産を継承することだった。そして治療が生きる支えになった。

ようやく自分のつらい境遇以外のことに集中できる道を見つけた思いだった。それに、急患の手当てをするときには、かつて地元の病院で感じたのと同じ高揚を覚えた。困っている女性の世話をしていると、使命感が生まれた。それがあったからこそ今まで耐え抜くことができたのだ。

なのに、シークはそれを取りあげようというの？

目を閉じて、必死に怒りをこらえた。唯一関心のあることをあきらめなくてはならない。唯一得意なことを。それもシークの意にそわないからというだけで。今ここで異議を唱えたい。

なにをかっかとしているの？　ゆっくりと目を開けた。シークがなにを望もうと、私の人生には関係ない。それまで結婚を続けるつもりはないのだから。

「あなたには驚かされたわ」

いつの間にか従姉《いとこ》のファティマが隣に座っていた。しばらく不愉快な思いをしなくてはならないと、ゾーイは覚悟した。

ファティマはきらめくグリーンのドレスを着ていた。重い金の装身具が、耳にも首にも手首にもぶら下がっている。彼女はどこにいても、常にきらびやかで派手な印象を与える。

「あなたが承知するとは思わなかったのよ」ファティマが軽い口調で続けた。「あなたたちアメリカ人は恋愛結婚を信奉しているから」

ゾーイは無言だった。この従姉のことは前から好きではないし、友達でもない。ファティマは、無防備な者をいたぶって自分の力を確認したがるタイプだ。ゾーイはこれまで何度も得意の絶頂の彼女を見てきた。今もその目には意地の悪い表情が浮かんでいる。トラブルをさがしてうろつき、標的を見つけたのだ。

ファティマがわざとらしい笑みを向けた。「早くムサドに聞かせたいわ」

ゾーイはたじろぐまいとした。「どうぞ」

彼の名前に反応しないふりができたら。ムサドは、憎悪と無関心に満ちた世界にいっとき花開いた愛の象徴だった。でも今では、彼の名前を聞けば、男は信用できないことを思い出す。

「私たちの旧友にどう話せばいいかしら？」ファティマがゾーイの顔をしげしげと見た。「あなたからよろしくと伝えましょうか？」

ゾーイは肩をすくめ、心の傷をうずかせるその言葉をやり過ごそうとした。ムサドのことは、一年前に黙ってアメリカへ行ってしまったときに忘れることに決め、〝教訓〟という棚にしまいこんだ。

悩みなどまるでないかのように、ゾーイは椅子の背にもたれた。「お好きなように」

ファティマはゾーイの腕に手を置くと、身を乗り出してささやいた。「あんなに親しかったのに、どうしてそんなことが言えるの？」

冷たい恐怖が血管を流れ、顔から血の気が引いた。ファティマは知っているのだ。目が意地の悪い光を放っているのを見ればわかる。ファティマはなぜかムサドとの許されない関係を知っている。彼女こそ村の噂《うわさ》の火元だったのだ。

逃げ出さなくては。ファティマを黙らせなくては。彼女がこのことをひと言でも私の叔父や叔母に……シークにもらしたら……。


「ゾーイ？」

顔を上げると、叔母やほかの従姉妹《いとこ》たちがいた。みんなほほえんでいる。心からの笑みだ。ファティマの言葉を聞いていなかったらしい。安堵のあまり、ゾーイはくずおれそうになった。

「来て、ゾーイ」従姉妹の一人が出し抜けにゾーイを椅子から立ちあがらせ、女性親族が彼女を囲んだ。「初夜の支度をする時間よ」

初夜。胃が鋭くよじれ、懸命に吐き気をこらえた。叔母たちは笑いながら、ゾーイを中庭からハネムーン用のスイートルームへと連れていった。不安が心をむしばみ、焼けつくように全身を駆けめぐる。ゾーイは肩をまるめた。

そのときふいに強く自覚した。私はシークのもの。野獣と呼ばれる男のもの。私は彼と結婚したのだ。

既婚の従姉妹たちが夫の喜ばせ方について助言しているが、耳に入らなかった。女たちは興奮に笑いさざめき、助言には遠慮もなにもない。

ゾーイはされるがままにベッドの中央に座った。マットレスに膝をつき、前で手を組み、頭を下げる。ベッドから飛びおりて逃げたいけれど、どうせ連れ戻されて、寝室を見張られるのが落ちだ。

目を閉じて、乱れた息を継いだ。女たちが部屋を出ていく。冷やかし半分に結婚生活について忠告する彼女たちの笑い声ががさつに響く。これまでずっと、自分が結婚する日は特別だと思っていた。ほほえみと喜びにあふれているはずだと。愛は言うまでもない。

現実ははるかに冷酷だった。ゾーイはそっと目を開けた。結婚したのは、ほかに選択肢がなかったから、運が尽きたからだ。この結婚を利用できると信じて踏み切った。けれど、見知らぬ男のために捨てたのは、自由ばかりではないのかもしれない。

私はなにをしてしまったの？　まぎれもない恐怖が胸を締めつけた。熱い大気を吸いこもうとすると、部屋が自分に迫ってくる気がした。目の前に黒い点がちらついている。

「できないわ。彼とベッドをともにするなんてできない」声に出して言った。部屋にはだれもいないと思ったが、ファティマが応じた。

「床入りをして結婚を完全なものにするのは彼の義務よ」ゾーイのスカートを直しながら言った。「さもないと結婚は認められないわ」

「義務？」胃が締めつけられて吐き気がする。ちっともロマンチックじゃないわ。

ファティマがいらだたしげな顔を向けた。「だから三日目に披露宴があるんじゃないの。古来の法律にのっとって、結婚の成就を祝うために」

ゾーイはあんぐりと口を開けた。「冗談でしょう？」

「もし気に入らなかったら」ファティマが横目でゾ

ーイを見た。「彼はあなたを返せるの」

ゾーイは眉をひそめた。「私を返す？　家族にってこと？　ありえないわ。その手にはのらないわよ、ファティマ」

「嘘《うそ》じゃないわ」ファティマが胸に手を当てて誓った。「シークは最初の妻にそうしたのよ」

最初の妻？　ゾーイは頭をのけぞらせて従姉を見つめた。衝撃に背筋がぞくりとした。最初の妻ですって？「いったいなんの話？」

「聞いてないの？」自分が暴露できると知って、ファティマの顔が輝いた。「二年前、シークは部族の中でもとくに由緒ある一族の娘と結婚したの。ユスラよ。彼女のこと、覚えているでしょう？」

「かすかに」ユスラははっとするほどゴージャスで女らしく、純粋なジャザール人だった。だが、ゾーイは内心、甘やかされた小娘だと思っていた。一家が村を出たときには喜んだくらいだ。

「見たこともないほどすばらしい結婚式だった。覚えてない？　あなたたちのよりよかったわ」

「たぶん招かれなかったのね」私は混血だから。無視されるか、いじめられるかだから。部族の者はみんな、叔父の残酷な扱いを見て、それをまねた。叔父が私をかばわないことを知っていた。

「それが、披露宴のあと、彼はユスラを両親に突き返したの」ファティマが手ぶりを交えて話すと、金のブレスレットがじゃらじゃら鳴った。「部族が勢ぞろいしている前で、気に入らないからと」

最初の妻が気に入らなかったのなら、きっと私のことも気に入らないわ。「彼女とベッドをともにしてから捨てたの？　そんなことが許されるの？」

「ものすごいスキャンダルになったわ。なにも知らないなんておかしいわね。あのころはもうあなたもここに住んでいたのに」

どうしよう？　恐怖が波のように押し寄せ、膝が震えた。シークとベッドをともにしなければ、家族のもとへ送り返される。でも、ベッドをともにしたとしても、同じことになりかねない。「つまり、その古代の法律では返品可能なのね？」

「めったにないことだけど。花嫁を返すにはそれ相応の理由が必要だから。もちろん、シークでない場合はってことよ。シークなら異議を唱える者はいないわ」

「だけど……」

ゾーイの叔母が部屋をのぞきこんだ。「ファティマ、なにをしているの？」それから、声を落として続けた。「シークのお出ましよ」

「がんばって、ゾーイ」ファティマが意地悪な笑みを浮かべて部屋からするりと出た。「最初の花嫁よりシークを満足させられますように」

2

どうしよう？　ゾーイはあわてふためき、開いた窓とそよ風に揺れる色鮮やかな薄いカーテンを見やった。いいえ、あそこからは逃げられない。

たとえ無事に抜け出せても、隠れる場所がない。今まで何度も逃げるのに失敗して学んだ。だれもかくまってくれないし、砂漠は死の落とし穴だ。前回逃げたときにはあやうく死にかけた。

にっちもさっちもいかない。計画を立てなければ。胸の中で恐怖がふくらみ、固く目を閉じた。さあ、考えるのよ！

一つのことしか考えられない。女性の純潔は重んじられるけれど、私はバージンではない。

部族には婚外交渉についての厳しいルールがある。男性も罰せられるが、女性ほど苛酷ではない。ゾーイは、女性患者の体に残っていた鞭《むち》打ちの跡の記憶を頭から締め出そうとした。

シークのような男性は無垢《むく》の花嫁を要求するはずだと思うと、恐怖に胃が締めつけられた。そのことはこの結婚話を承諾する前から知っていたが、婚約が決まれば問題ないと思った。賭けは失敗に終わったのだ。

ドアが開き、ゾーイは体をこわばらせた。息が苦しい。歓喜の音楽に混じって、招待客がお祝いの言葉をかけるのが聞こえた。やかましい音が張りつめた神経を刺激する。金切り声をあげたい。逃げ出したい。声をあげて泣き崩れたい。だが、慎重に頭を下げ、固く手を組んだ。

ドアが閉まると縮みあがり、自分のそんな反応に辟易《へきえき》した。シークを喜ばせなくては。不快にさせてはいけない。

「飲み物はどうだ、ゾーイ？」シークがドアのそばに靴を脱ぎながら穏やかに尋ねた。

黙って首を振った。口の中はからからで、喉が痛い。感覚を麻痺《まひ》させるアルコールが欲しくても、むせてしまってひと口も飲めそうもない。

シークのマントが床に落ちる音がした。なにか柔らかなものがそれに続く。ゾーイは見ずにいられなかった。シークがカフィーヤをはずしたのだ。現れた豊かな黒髪は短く刈られていた。

親しみやすさはどこにも見当たらない。むしろ、ますます非情で冷酷に見える。横顔は力強く自信に満ち、エネルギーが波のように発散されている。彼はまさに男盛りなのだ。

「いい式だったな」シークの声が近づいてくる。「短くて。僕好みだった」

ゾーイはうなずいた。私にとってはみじめになるほど長かったけれど……。

しかし、今夜はもっと果てしなく長い。間違いなく起こるはずのいさかいを防ぐにはどうすればいいだろう？　内気を装って、私がバージンかどうかわかるほど近づかせない？　初夜に妻と床入りできなかったと認める男性は、まずいないはずだ。

それとも、彼が服を脱いだとたんに気絶したふりをする？　さもなければ泣く？　手がつけられないほど。そのまま二日間泣きつづける？　男性は泣いている女性のそばにはいられないものだ。

足音がベッドに近づいてきた。思いきり息を吸っても、喉のあたりでつかえてしまう。金属がかすかに鳴る音がした。手が震えていて、ブレスレット同士が当たっているのだ。

「ゾーイ？」

その声を聞いて、震えがおさまった。シークはすぐ隣にいる。よき花嫁に見せなくては。

だが、困難にはいつも真っ向からぶつかるゾーイに、おとなしいふりをすることはむずかしかった。

当初の計画でいこう。逃げ出しはしないが、シークとベッドをともにもしない。今夜すべきなのは、夫を遠ざけること。ハネムーンに旅立つまで、内気な花嫁を演じよう。ジャザールを出さえすればきっと逃げ出せる。

「もうだんまりか？」おもしろがっているような声だ。「結婚してまだ一日もたっていないのに」

だんまり？　そんなことで非難されるのは初めてだ。ゾーイの問題は、いつだって言いたいことをずけずけ言ってしまうことだった。「不安なのよ、殿下」声がかすれたのがくやしい。

「ナディールだ。僕に不安を感じることはない」

不安に決まっているじゃないの。私の人生をぶち壊す力があるんですもの。あるいは、はからずも新しい人生を築くのに力を貸してくれるか。うなずいて、彼の言葉を理解したことを伝えたが、彼がすぐ前に膝をついたのでたちまち緊張した。

ベッドが急に小さくなった気がする。ナディールが前にそびえ立つと、今度は自分が小さくなった気がする。ゾーイは膝に置いた手から目を離さなかった。彼がその手を取ろうとするのを用心深く見守る。ブレスレットが床に落ち、腕が急に軽くなった。ナディールがさらにゾーイの手からブレスレットをはずし、ヘナで描かれた模様を指先でゆっくりなぞった。手首の脈が速くなり、肌がぴりぴりする。手を引き抜きたい。

「ベールが重そうだな」ナディールが静かに言った。

「ええ」でも、あなたにわかるわけないわ。

頭のてっぺんに、ナディールが両手を伸ばした。ゾーイは体をこわばらせ、逃げ出したい衝動をこらえた。彼のやさしい触れ方は、受け入れたくも従いたくもない無言の要求のように感じられる。身を引きたい。手を払いたい。ベッドから下りたい。懸命にじっとしていると、血が熱くわきたった。

心臓の鼓動が乱れた呼吸と共鳴している。ナディールが宝石の飾られたベールの縁をさぐり、ヘアピンをはずした。ピンを床に投げ捨て、ベールを頭からすべらせてうしろに落とす。

ベールがはずれたのがすぐにわかった。重みから解放されたのはうれしいけれど、ベールは顔を隠してくれていた。もうそんな贅沢《ぜいたく》は許されない。

ナディールが長い茶色の髪に指を走らせる間も、頭を下げていた。ジャザールでは珍しい色に心を奪われているのか、あるいは失望しているのか。

「僕を見るんだ、ゾーイ」

とたんに脈が乱れた。まだナディールを見る覚悟ができない。それでも、自分にあるとも思わなかった勇気を出して、ゆっくりとぎこちなく頭を上げ、彼の視線を受けとめた。

ナディールの目に欲望を見て、体が内側から熱くなった。彼が顔を近づけてくると、まつげが震えた。顔をそむけなくてはいけないのに動けない。彼の唇が額に軽く触れたときには、ほっとしたのかがっかりしたのかわからなかった。

ナディールが唇を頬へとすべらせると、ゾーイの唇は期待にひりひりした。彼の温かな息が肌をかすめ、顎の線に沿ってやさしいキスが続いた。両手はゾーイの髪にからめている。喜びに小さくため息をつくと、その手がこわばるのが感じられた。

ゾーイは身を乗り出しかけ、すぐに動きをとめた。うっかり尻尾を出すところだった。無垢で内気な花嫁のはずなのに。彼と一緒に楽しむのではなく、尻込みしなくてはいけなかった。

なぜこんなに熱く反応してしまうのかわからない。ちょっとやさしく愛撫《あいぶ》されたくらいでうっとりしてはだめよ。あまりに久しぶりだから、体が男性の感触を渇望しているの？　それとも、ナディールは女性の触れ方を心得ていて、私に目的を忘れさせた？

引っかかってはならない。ナディールは自分の愛撫に私を慣れさせたいだけ。彼を脅威とは感じず、その誘いを喜んで受け入れるように。

気をゆるめてはいけない。彼を近づけすぎてはいけない。私の未来はそこにかかっている。

ナディールが両手でゾーイの顔を包み、唇を重ねてくると、激しい欲望が体の奥ではじけた。そのまま血管を駆けめぐるのを感じながら、ゾーイは彼にもたれかかった。こんなキスは初めてだ。彼のキスは要求し、威圧してくる。

屈してはだめ。本心を知られてはいけない。けれど、なぜか唇が開いて、ナディールの舌を奥深くまで招き入れていた。

興奮に圧倒され、ゾーイはナディールの肩にしがみついた。ディスターシャの最高級の布がくしゃくしゃになるほど彼を引き寄せる。もっと欲しい。もっともっと。

警戒心が高まるのを無視していると、ナディールのうめき声が耳に入った。二人の間でたちまち燃えあがった情熱を抑えられない。でも、彼はあまりに官能的で、あまりに危険だ。ゾーイはキスをやめ、すばやく顔をそむけた。

ナディールが欲求をこらえるように身を震わせた。ゾーイは調子にのってしまったと気づいた。彼を欲求不満にさせるのだけは避けなくては。「ごめんなさい」そうささやいて目をそらし、腫れあがった唇に指を押し当てた。胸が張りつめ、下腹部には快いうずきがある。ベッドから出なくては。すぐに。

「かまわない」彼がつぶやいて、ゆっくりと彼女の喉にキスを重ねた。「君にもキスしてほしい」

そうするわけにはいかない。キスだけではすまなくなる。私は清らかで慎み深く見せなくてはいけないのに。ナディールはネックレスを一つずつはずしている。さっき彼にキスしたときには自由を感じた。どうして彼は私にそんなふうに感じさせることができるの？

ナディールの手が背筋を下りていくと、ドレスの身ごろがたわんで開いた。彼は背中のビーズ飾りに隠れたファスナーを見つけたのだ。この初夜は望んだ以上に進んでしまっている。でも、どうすればとめられるのかわからない。身ごろが肩から脱がされ、薄手の白のスリップがあらわになった。

ナディールの熱い視線を感じる。危険な興奮が体を貫き、ゾーイは身震いした。あらわにされて不安を感じなくてはいけないのに。バージンならどうするかしら？　今さらながら腕を組んで自分を隠した。だが、ナディールがその手首をつかんだ。

「よすんだ」しわがれ声で命じ、腕を下ろさせた。

「僕には隠すな。君は美しい」

ほめ言葉は反射的に出たもので、どの愛人にもかけるのだと思おうとしたが、ゾーイは自分を美しいと感じた。魅力的で、求められる存在だと。そんなふうに感じたことは久しくなかったのに。よくよく注意して、本能のままにふるまわないようにしなくては。けれど、熱い血が血管の中で荒れ狂っている。ナディールが頭を傾け、唇でゾーイの唇をとらえた。今回はやさしいとは言えない。彼のキスは激しく貪欲だ。どれほど求めているか隠せないのだ。

ゾーイの体の奥で熱いものが渦巻いた。キスに気を取られている間に、ナディールがゆっくりと彼女をベッドに横たえる。ゾーイは両手を彼の豊かな髪に差し入れた。もう一度だけキスを許したら離れよう。もう一度だけ……。

重いスカートを脱がされても抵抗しなかった。ナディールは唇を離し、体を引いた。ゾーイは彼がディスターシャを脱ぎ捨てて床に投げるのをぼんやりと見ていた。

そして、金色に輝く褐色の肌とたくましい筋肉に息をのんだ。いいわ、ルールを新しくしよう。急いで決めた。これ以上服は脱がない。ここまでよ。

だが、考えるより先に、手を伸ばしてナディールの胸を撫《な》でていた。指先で胸毛に触れ、ざらつく感触を楽しんだ。自分の柔らかな胸に熱く汗ばんだ彼の胸が押しつけられるところを想像した。

下腹部のうずきが激しくなり、つい腰を動かしてしまった。ああ、いけない。はしたない動きから、ナディールはなにかを読み取ったかしら？

ゾーイはためらった。胸が大きく波打っている。大胆な反応は慎まなくては。バージンは恥ずかしがり屋で不安に駆られているはずよ。彼の体をさぐるのを楽しんでいるなんて、知られてはいけない。

「もっと触れてくれ」ナディールがしゃがれ声でささやいた。「好きなだけ触れていい」

私にそんなことを言ってはだめよ。好きなだけ触れたりしたら、やめられなくなってしまう。私の触れ方に、この伝説的なプレイボーイはきっとショックを受けるわ。

でも、彼を拒んではいけない。いいわ、もう一度ルールを変更しよう。胸より先には進まない。それなら問題ないわ。

指を広げてナディールの腕と肩を愛撫し、背中をなぞりながら胸に戻った。胸の先端をいたぶると、全身の筋肉が収縮するのがわかった。彼を支配している気がして、思わずほほえみそうになる。次に、固く引き締まった腹部を伝って白のボクサーショーツのウエストバンドへ手を伸ばした。

その瞬間、目になにかを浮かべてしまったに違いない。欲求を伝えるなにかを。ナディールは表情をこわばらせ、瞳の奥に炎を宿したかと思うと、飛びかかるようにしてゾーイの唇を奪った。長々としたキスに息もつけない。

腿を開くつもりはなかったが、ナディールが脚の間に腰を入れ、脚を愛撫しはじめた。ゆっくり進めようという試みももはやこれまでだ。

ナディールがキスを深め、ゾーイの胸のふくらみをすくいあげた。自分のものだというような触れ方に、ゾーイは驚いた。いい気持ち。これでいいのよ。でも、胸をそらして彼の手に押しつけてはいけない。ナディールに見つめられて胸の先端が硬くなった。

彼にこんなことをさせてはいけないと、ぼんやり考えた。でも、まだ服は着ている。取り返しのつかないところまでは進んでいない。ただ、当初の計画からはずいぶんそれてしまった。どんなにこのまま続けたくても、ここでやめなくては。

胸の先端を指先でつままれ、ゾーイはあえいだ。その声が部屋に響き渡る。激しい喜びが野火のように肌に広がっていく。ナディールの体の下でもだえ、もっとキスしてほしいとせがんだ。

しかし、ナディールは無言の求めには応じず、ゾーイの肩を見つめながら、スリップのストラップを下ろし、小ぶりの胸をあらわにした。手が震えている。彼がうつむいて胸の先を口に含むと、ゾーイは自分の喉の奥から満足の声がもれた気がした。

その声は喉に引っかかった。バージンの声にはとても聞こえない。熱い歓喜が体を貫くと、頭をそらして目を閉じた。どんなに求めているか知られたくない。でも、ナディールは私の欲求を正確に知っているかのようだ。体の芯から強い渇望があふれてくる。

本能的にナディールの引き締まった腰に脚を巻きつけて引き寄せた。だが、彼の高まりが肌に触れるのを感じ、危険地帯に入りこんだと気づいた。彼を迎え入れたい。でも、それではバージンでないことを知られてしまう。

胸の中でパニックがふくれあがり、急いで脚を下ろした。そして、彼の広い肩をつかんで押しのけようとした。けれど、頑として動かない。「これ以上はだめよ」衝動的に口走った。「あなたとベッドをともにするつもりはないわ！」

ゾーイは手で口をふさいだ。張りつめた静寂が部屋の空気を震わせる。ナディールは動かなかったが、ゾーイにはその体が緊張に小さく波打っているのが感じられた。

言ってしまった。ゾーイは肩をまるめて、来るべき怒りの爆発を待った。バージンらしく控えめにしていたのに、今度はぶしつけに拒絶している。夜が明ける前に、シークはきっと私を家族に突き返すわ。

ナディールは自制しようと体をこわばらせた。どうしてもゾーイが欲しい。彼女の気を変えさせたい。いや、嘘《うそ》だ。言いくるめたい。頼みこみたい。彼女を味わいたい。熱く濡《ぬ》れた彼女の中に身を沈めて、彼女最も原始的な方法で彼女を自分のものにするのだ。

ここまで性急に、強烈に惹《ひ》かれるわけがわからないが、それを問題にするつもりはない。政略結婚の花嫁が魅惑的だったのは思いがけない贈り物だ。彼女を離宮に追い払うまでの数晩、この幸運を喜んで最大限に活用しよう。

だが、ゾーイの見方は違うようだ。なじみのない欲求が怖いのか、それとも、ほかになにかあるのか。僕についての噂《うわさ》を聞いたのだろうか？　あの噂にはどんな花嫁もパニックを起こすだろう。

「ゾーイ」手を差し伸べたが、彼女がすくみあがったので途中でやめた。殴られると思ったのか？

「ごめんなさい」彼女が手を広げて顔を隠した。

「あんなことを言うつもりはなかったの」

「いや、本音だろう」ナディールはゾーイの表情をじっと見守った。彼女は最善の道をさぐるように真剣に考えこんでいる。

「そうね、そうだわ」ゾーイが顔から手を下ろして認めた。「でも……でも……わかってちょうだい。あなたのことをよく知らないんですもの」

ナディールはマットレスに肘をつき、彼女の視線を受けとめた。それが一番の心配事ではなさそうだ。彼女の態度にはどこか嘘くさいところがある。「僕は君の夫だ。それだけわかっていればいい」

ゾーイが口を真一文字に結び、次の言葉を慎重に選んで言った。「そう言うけど、あなたのことをほとんど知らないのよ」

本当に言いたいことではないだろう。彼女はもう僕に評価を下していて、しかもそれは好意的なものではないらしい。「僕も君のことを知らない。だが、べつにかまわない」

ゾーイが不満げに目を細めた。「女はそうはいかないわ」

ナディールは鋭く息を吐いた。確かに。女性にとってセックスはただのセックスではない。それは確かな結びつきであり、親密さの証《あかし》だ。しかもバージンにとっては神秘的な体験――神聖な通過儀礼ということになる。

バージンというのは厄介だ。純然たる喜びを複雑なものにせずにいられない。

「正直なところ」ゾーイが目をそらして、静かに続けた。「あなたの名前しか知らないわ」

しかし、一度も呼ばれていない。彼女が僕の名前を何度も叫ぶところを想像していたが、今夜はそれもなさそうだ。ナディールはしぶしぶスリップの繊細なストラップをつまみ、きちんと肩に戻した。

「あなたの好きな色も、好きな飲み物も知らない」

赤く腫れたゾーイの唇から言いわけがころがり出た。だが、ナディールは信じなかった。彼女は二人の間に壁を築こうとしている。

「あなたの不満の種も目標も知らない。たとえ結婚しても、ろくに知らない人とベッドをともにするのはむずかしいわ」

「政略結婚は何世紀も昔から行われてきた」ナディールは主張した。欲望は今も血管を駆けめぐっている。「ごくふつうの、当たり前のことだ」

「私はいやよ！」

ナディールは歯を食いしばった。バージンの中でもアメリカ人のバージンは最悪なのだろう。

実際、この花嫁はいかにもアメリカ的だ。彼女はいつ僕にも同じ西洋の感性と精神があるのに気づくだろうか？　見かけほど保守的でないと気づいたら、それを利用して僕に対抗するだろう。油断は禁物だ。

「怒らせてしまったのね」ゾーイの下唇が震えた。

泣きだすのか？　ナディールは片手で顔をぬぐった。声を荒らげてもいないのに。僕が礼儀を忘れたときには、どんな反応を見せるのだろう？

こんなに神経質になっている花嫁は、官能的な初夜にはとても誘えない。彼女にどう思われているにせよ、無理強いするつもりはないのだから。

夫を怖がる花嫁だけは願い下げだ。僕へのさらなる不信感と噂を招いてしまう。この野獣が伝統的なジャザールの女性に飼いならされるところを部族に示さなくてはならない。村を出たら彼女は追い払うつもりだが、今は思いやりのあるところを見せなくては。辛抱強いところを。

あいにく僕は辛抱強い男ではない。冷酷な威嚇によって今日の地位についたのだ。だが、その戦略は震えている妻には通用しない。歓心を買い、自分のやさしい一面を見せなくては。

やさしい一面があればだが。

「ゾーイ、僕は怒っていない。そうすくむな」

ゾーイが鋭く息を吸った。「すくんでないわ」

では、あの涙は嘘泣きか。もっとも、彼女は古くからの女性の手管を使うようなたちではない。ナディールは膝をついて起きあがった。

「僕たちが知らない同士だと君は指摘した。お互いをもっとよく知らなくてはならないな」

ゾーイが力強くうなずいた。安堵《あんど》に目が輝いている。「ええ」

「だが、君はまだ僕と同じベッドにいる」ナディールがベッドの反対側に寝そべると、ゾーイの顔におびえたような表情が浮かんだ。「ほかにいい知り合い方はあるかな?」

「私は……私は……」ゾーイが部屋の端から端へと目を走らせた。言い分を考え出そうとしている。

二人は同じベッドに寝なくてはならない。召使いに別々に寝る準備をさせれば、噂が野火のように広がるだろう。長老たちにそれだけは知られたくない。

「いいと言われるまで、君には触れないよ」

ゾーイが口を閉じ、疑わしげに目を細めた。こちらの言葉から抜け穴をさがそうとしているかのようで不愉快だった。どうして僕の言葉を疑う？　僕はシークだ。彼女の夫なのだ。

「僕なら女性をねじ伏せる必要はない」穏やかながらも有無を言わせない口調で言った。

ゾーイが青ざめた。「私は決してそんな……」

「わかっている」あなたは女が眠っている間にむさぼり食う名高い野獣だと、まなざしが告げている。ため息をのみこみ、照明を消した。「もう寝るんだ」

眠れるわけがないと言いたげに、ゾーイがつんと顎を上げた。それでもベッドの端にすばやく移動すると、横向きに寝てナディールに顔を向けた。監視しなくてはならないとでもいうように。

「自惚《うぬぼ》れるな」ナディールが手を伸ばしたとたん、ゾーイは声をあげて抵抗した。近くに引き寄せると、体をこわばらせた。彼女が僕にしっくりなじむことは無視しよう。

「私がいいと言うまで触れないと言ったのに」彼女が硬い口調で言った。

「君がいいと言うまでセックスはしない」ナディールは言い直した。ほどなくセックスする。必ずする。

「だが、マットレスの端にいたら、僕を知ることも、僕と打ちとけることもできないだろう」

ゾーイはゆるく抱いている腕からもがいて出ようとはしなかったが、そうしたいのはわかった。僕が眠ったら、たぶんベッドを出ていくだろう。手っ取り早く関係を築かなくては。だが、セックスせずにどうやって親密になればいいのだろう？

天井を見あげ、方策を考えた。そこでゾーイの言葉を思い出した。ばかげているが、やってみるか。

「ブルーだよ」

「なにが？」

「僕の好きな色だ」ぶっきらぼうに答えた。「濃いサファイアブルー。日暮れ間近の砂漠の空だ」

二人の間に静寂が広がった。「ブルーは私も好きよ」ゾーイがしぶしぶ認めた。

「そうだと思ったよ」彼女が僕を喜ばせるために言っているのか、本当のことなのかはわからない。ただ、僕のことが少しでもわかるようになったのなら、どちらでもかまわない。明日には僕を受け入れる――いや、ベッドに迎え入れるだろう。僕は一夜の格別の喜びで妻を手なずけてから追い払う。

ナディールは目を閉じた。ゾーイの香りを吸いこんだせいで、体はまだ張りつめ、熱い血が駆けめぐっている。長い髪が肩にかかり、柔らかな体が押しつけられている。二人の肌が触れ合っている。

だが、僕はどうすることもできない。

こんな苦しみを味わうとは思わなかったが、前回の初夜よりははるかにましだ。

3

ゾーイは飛び起きた。心臓が激しく胸を打ち、筋肉はすっかりこわばって痛い。小動物が危険をかぎ分けるように、少しだけ頭をもたげた。窓から陽光が差しこみ、中庭から人々のおしゃべりが控えめに聞こえる。ナディールに寝顔を見られなかったように祈りながら、慎重にベッドの隣を見た。幸いからっぽだった。

もつれた髪を目から払った。眠ってしまったなんて信じられない。きっと極度の疲労とストレスのせいよ。ナディールを信用したからじゃないわ。同じベッドで彼の腕に抱かれて寝るのは居心地が悪かったし、手を動かさないでいるのはひと苦労だった。

たくましい体をさぐりたくてしかたなかったのだ。ベッドを飛び出し、バスルームへ直行した。クローゼットに自分の服がかかっていたので、芥子《からし》色のカフタンをつかんだ。鏡の前を通り過ぎようとして足をとめた。

まあ、大変。くしゃくしゃの髪に手を差し入れ、すっかりにじんだメイクを見つめた。薄いスリップ越しに体の線が透けている。大胆でセクシー。乱痴気騒ぎから戻ったばかりみたい。ナディールの伝説的な欲望を思えば、ゆうべなにもしなかったのは驚きだわ。

きっとなにか企《たくら》んでいるのよ。男はみんなそう。愛し、面倒を見ると約束しても、実際は女たちを利用する。

でも今は、私が男を利用している。シャワー室に入り、ひそかな満足感を覚えた。夫を利用している。湯に打たれながら、計画を再検討した。私は男性親族が一緒でなければ旅行は許されない。十八歳以上で、アメリカ国籍を持っていてもだめだ。ここでの法が法なのだから。ただ、三日間の結婚式を乗り切れば、ナディールとハネムーンに行ける。ジャサールの国境さえ越えれば、テキサスへ逃げられる。

ハネムーンの行き先を聞き出さなくては。フェイスタオルを取りながら思った。アメリカに近ければいいけれど。故国に帰ったら、学業を終えて、思いどおりの人生を生きられる。

ゾーイは両手を見た。まだヘナの模様が残っている。アメリカに帰っても、もちろんまだナディールとは夫婦だ。でも、彼が結婚を解消しなくても私がすればいい。彼もテキサスまでは追ってこない。彼なら、女性はより取り見取りだ。私なんて取り替えがきく存在にすぎない。

服を着てスイートルームの居間へ行く前に鏡を見た。地味でやぼったく見えるようにした。まだ湿っているブラウンの髪はうしろできっちり三つ編みにし、化粧っけはなく、アクセサリーもつけていない。色あせたカフタンは容姿になんのプラスにもなっていないし、黄色の色調のせいで顔色が悪く見える。ナディールはきっとぎょっとするわ。それでいいのよ。自分に言い聞かせて、静かに部屋に入った。私が魅力的でなければ、彼もしつこく言い寄らない。

召使いが二人、食事のトレイを運んできた。ナディールは、ローテーブルのそばにあるシルクのフロアクッションに座っている。グレーの半袖シャツと黒いスラックス姿に、どきっとした。彼はゾーイを見ると優美に立ちあがり、すばやく携帯電話の通話を切った。

そしてゾーイの姿をじろじろ見て、眉をひそめた。あの表情の意味はわかるわ。不愉快。不満。失望。彼はもう結婚を後悔しているのかしら。

「よく眠れたのならいいが」彼がようやく口を開いた。

「ええ、ありがとう」ゾーイは嘘《うそ》をついた。

ナディールの黒い瞳が光った。本当のところを知っているようだ。夜じゅう私が警戒していたことを。離れようとするたびに、彼は腕に力をこめてきた。

「さあ、朝食を食べてくれ」料理ののったローテーブルを身ぶりで示され、ゾーイは濃いコーヒーと豪華な朝食の香りを吸いこんだ。

だが、起き抜けに食事をする贅沢《ぜいたく》には慣れていない。ナディールと一緒に食べるのも親密すぎる気がする。「いいえ、けっこうよ。朝食は食べないの」

「ゆうべもあまり食べなかっただろう」ナディールがゾーイの腰に手をあてがった。思いがけず触れられ、ゾーイはたじろいだ。反射的に離れると、彼は眉をひそめた。「どうしても食べてもらうよ」

食欲がないのを見抜かれていると知り、驚いた。ほかにはなにを見抜いているのだろう？　油断は禁物だ。しぶしぶテーブルの反対側に向かった。

「いや、ゾーイ、隣に座るんだ」ナディールが大きなシルクのクッションを指差した。

すばやく彼の顔を見た。その目を一瞬よぎるものがあった。表情は礼儀正しく率直だが、だまされない。彼は妻に夢中の夫を演じているだけだ。

ゾーイは召使いに目をやった。テーブルから一メートルほど離れたところで、必要ならすぐに手伝おうと控えている。演技は召使いのため？　彼らが私たちのことを噂《うわさ》すると思っているの？　部族は食事中の二人が親しげだったかどうかも含めて判断すると？

それとも、この行動は単に私のため？　彼は言いなりにならない花嫁を持て余している。ベッドに誘いこむには、やさしく思いやりのある夫を演じるのが一番だ。

ゾーイは歯ぎしりした。お互いのことをほとんど知らないなんて訴えなければよかった。これからもそばにいさせられるのかしら？

ここで喧嘩《けんか》しても始まらない。おとなしく腰を下ろすと、ナディールが隣に座り、腕と脚が軽く触れ合った。だれかの、とりわけ男性のこんなに近くに座るのは好きではない。長年短気な叔父に接してきて、どんな男性とも十分距離を取るようにしている。

溺れる者が救命具をつかむように、コーヒーポットに手を伸ばした。ナディールがチャパティをちぎってマトンをすくい、こちらに差し出した。ゾーイはもの問いたげに彼を見た。

「食べろよ」

「食べるものはたくさんあるわ」ゾーイはテーブルにびっしり並べられたボウルや皿を手で示した。「あなたのものを食べなくても大丈夫よ」

「君と分け合いたいんだ」彼が穏やかに説明して、ゾーイの口にチャパティを近づけた。「さあ」

応じるのは簡単ではない。彼の手から食べるには、それなりの信頼が必要だ。少しだけ口を開くと、彼がひょいとチャパティを押しこんだ。

口を早く閉じすぎて、彼の親指の先に触れてしまった。懸命にのみこもうとしているゾーイの唇を、ナディールが親指で撫《な》でた。

私に触れる口実だったの？　私は黄疸《おうだん》にかかったように見えるはずなのに、どうして？　部屋に召使いがいるのが急にうれしくなった。これなら彼がどんな愛撫《あいぶ》を企てても、控えめにしかできない。

それとも、私に頼らせたいのかしら？　自分の手で食べ物を与えれば、養われているという意識が強くなるから。わからない。でも、彼のこの思いやりのある一面を信用してはいけないのはわかる。

「昨日は弟さんに会えてうれしかったわ」笑みを浮かべて嘘をついた。あの男は、私が同じ部屋にいるのはふさわしくないと態度ではっきり示した。「今日も訪ねてくるの？」

「いいや、王宮に戻った。よろしくとのことだ」

そうでしょうとも。きっと私が王族に嫁いできたのが許せないんだわ。「ほかに兄弟姉妹は？」

「いない。母はラシードの出産で亡くなった。家族は僕と弟と父だけだ」

「お父さまは明日の披露宴には出席されるの？」

ナディールが首を振った。「父は動けない」

「まあ、残念だわ。いつお会いできるかしら？」彼が返事をしぶるのを見て、ゾーイは眉をひそめた。

「さあな」ナディールは目をそらしている。「国王は具合が悪くて、今は人には会わない」

ゾーイはいぶかしげに目を細めた。私を会わせたくないんだわ。この結婚を恥じているの？　そう思うと腹立たしい。「きくのを忘れていたわ」急いで話題を変え、コーヒーカップをつかんだ。「ハネムーンはどこへ行くの？」

ナディールがためらい、自分の皿に視線を戻した。

「山の中の離宮だ」

カップを握り締めた。砕けないのが不思議なくらいだ。「まあ」ジャザールを出ない？　そんな、だめよ！　それじゃ計画がだいなしだわ。

ナディールがまたマトンをチャパティにのせてゾーイに差し出したが、彼女の顔を見て目を細くした。

「がっかりしたのか？」

「きっとすてきな宮殿なんでしょうね」あわてて言った。彼を怒らせてはいけない。「あなたは旅が多いから、海外へ行くのかと思ったの」

「旅は仕事の一環で、私生活ではない」ナディールがチャパティをゾーイの唇に押しつけた。「出張に妻は同行しない」

「まあ」ゾーイは慎重に食べ物を口に入れた。頭がからまわりしている。すべてがぶち壊しだわ！

ナディールは首をかしげて彼女の顔をしげしげと見た。「どこかへ行きたいのか？」

マトンを急いで噛《か》んでのみこんだ。これはチャンスよ。ふいにしてはいけない。「ええ。しばらくどこにも行っていないから、旅がしたいわ」

「行きたい場所はあるのか？」

肩をすくめた。不安が胸を締めつけているけれど、さりげなく見せなくては。「ヨーロッパ。オーストラリア。アメリカもいいわね」

ナディールが眉をひそめた。「だが、君はアメリカから来た。興味の対象にはならないだろう」

「アメリカは広いのよ」苦くて熱いコーヒーをひと口飲んだ。「見ていない場所がいくらもあるわ」

「どうして旅がしたいんだ？」ナディールが料理を食べながら尋ねた。「なにをするつもりだ？」

逃亡。医学の勉強。本来の私の人生を取り戻すこと。「興味を引くものがたくさんあるはずよ」

「君にはまだジャザールを象徴する役は無理だ」ナ

ディールが断言して、フルーツの皿から種を抜いたなつめ椰子《やし》を取った。「未来の国王の妻は申し分のないジャザールの女性で、その真価を発揮しなくてはならない」

美しく、上品で、従順。敗北感に目をつぶった。あよりによってこんなひどい服装をしてしまった。ああ！

ナディールがなつめ椰子をゾーイの口に持っていきながら笑いをもらした。「外の世界は君のようなシークの妻を迎える覚悟はまだできていないよ」

ゾーイは恐怖に目を見開いた。悪態を声に出してしまったのかしら。状況は悪くなるばかりだ。反射的に口を開いてなつめ椰子をくわえた。「結婚式では完璧な花嫁に見えなかった？」

「ひと目で事態をのみこんだよ」

それはしかたないけれど、美しく上品で従順な妻だと思ってもらえなければ、国から出られない。

「新しいカフタンと少し上等なサンダルがあれば、私だって」

ナディールは信じられないという顔でゾーイを見ると、黄色のカフタンに目をやった。「ほかに着るものは？」

「花嫁衣装があるわ。どうして？」

「服が必要だな」彼がまたなつめ椰子を差し出した。

ゾーイは口に入れて猛然と噛んだ。「旅に？」

「いや、だが、シークの妻にふさわしいものを着ないと」そして、彼女のカフタンをじろりと見た。

ほんの数日前まで床をごしごし磨いていたのだ。自分がシークの妻になったとはいまだに信じられない。「村にお店はあまりないわ」

「僕のヘリでオマイラへ行く」

ゾーイの目がまるくなり、脈がはねあがった。オマイラはジャザール一の街で、首都だ。噂ではマラケシュやドバイに匹敵するという。おそらくアメリカ大使館があるだろう。中に入れば、ジャザールから逃れて保護を求めることができる。

「準備ができたら言ってくれ」

ゾーイはカップを勢いよく置いた。「いいわ」


買い物はあまりいいアイデアではなかったようだ。オマイラを歩きまわる間はゾーイを厳重に見張らなくてはならないと、ナディールはすぐに悟った。妻はしょっちゅう街のあれこれに気を取られる。そして、真っ先に地図を手に入れると自主性を発揮して、こちらが横を向こうものなら、さっさと暗い路地や曲がりくねった道にそれてしまう。

ゾーイはこの小旅行に驚くべき熱心さで取り組んでいた。首を伸ばして建物を観察し、紺碧《こんぺき》の海に接する赤粘土を眺めた。古くからの市場の活気に興奮し、香辛料と食べ物のにおいを楽しんだ。店にも人々にも心を奪われた。


彼女はなににもだれにも興味を示した。ナディール以外のすべてに。彼が守るようにそばに立って、冒険させないことにいらだっているようだった。

ジャザールのよき花嫁は全神経を夫に向けるものだ。目移りするものがあまりない村に帰るほうがいいかもしれない。それとも、政略結婚で結ばれた夫にいまだに慣れなくて、気恥ずかしさをまぎらすために街を利用しているのか？

いや、彼女は頑固で反抗的だが、絶対に恥ずかしがり屋ではない。おとなしくしているときには、なにかを企んでいるのだ。それくらいはもうわかる。

ゾーイが首をかしげ、数歩下がって暗い路地をのぞきこんだ。ナディールは彼女の腕を取って離れないようにした。「こっちだ、ゾーイ」

「一人で歩けるわ」彼女が手を拳《こぶし》に握った。「私には犬みたいにリードが必要だというの？」

「僕にリードを持たせるようなまねをさせるな」初

めはゾーイが騒音や群衆に圧倒されているのだと思った。彼女が反抗的なのは洗練の欠如に劣等感を持っているからだと。

しかし、彼女が五度目に迷子になったときに、その考えは捨てた。方向感覚がそこまでお粗末なはずはない。彼女は迷子になりたがっている、あるいは逃げようとしている。そんな思いが振り払えない。

「ああ、ここだ」ナディールはモダンなスチールとガラスの入口の前で立ちどまった。

ゾーイはできるだけさりげなく彼の手から腕を抜き、ショーウインドーを見た。「宝石店？」

ナディールは笑いをこらえた。そんな言い方をするジャザールの女性はまずいない。パラダイス、あるいは至福の場所か。絶対に〝宝石店〟ではない。

「ここは何十年も前から王家用達の宝石商だ」

ゾーイが感激しているそぶりはない。「なぜここに？」

「君にはいくつか必要だ」朝日の中で見ると、ゾーイのネックレスやイヤリングはガラス製だった。ブレスレットは安っぽい金属製、ルビーやダイヤは模造品だ。家族が本物の宝石一つ持たせずに送り出したことに驚いた。宝石は彼女の不時の備えになるはずなのに。

ゾーイが手を振った。「今あるもので十分よ」

自分の宝石が偽物とは知らないのだ。本当のことを教えるつもりはないが。「ゾーイ、君が宝石をつけないと、僕の印象が悪くなる。君のためにネックレスとイヤリング、それにブレスレットも買おう」

彼女には新しい役割のために最低限のものが必要だ。シークの妻は通常、王室伝来の宝石を身につけるが、これは形だけの結婚にすぎない。彼女が僕の隣に立つことも、僕と同居することもない。だが、いくつか高価な宝石を与えれば、人は彼女がまだ僕の保護下にあると思うだろう。

「いいえ、いけないわ。もう買いすぎよ」彼女が両手で頬をはさんでうめいた。「服もあんなにたくさん買ってくれて」

たいていの女性は新しい服が好きなのに、ゾーイはどのデザイナーズブランドの服もしぶしぶ試着した。そして買うのをやめさせようとしたが、ナディールは聞く耳を持たなかった。

「新しい役割には服が必要だ」

「でも、どれもものすごく高価よ。村の妊婦全員の役に立つ医療機器が買えるわ」

「その必要はない」

ゾーイがあんぐりと口を開けた。「からかっているの？　村の女性たちは基礎医学に触れることもできないのよ」

「ありえない。ジャザールは裕福な王国だ。保健省は僻地《へきち》の村々にも大金を配分している」

「男性にはね」ゾーイがつぶやいた。「お金の使い道は長老たちが決めるのよ」

「もうやめろ。これ以上話したくない」ナディールはゾーイを有名宝石店のターコイズブルーのドアへ導いた。宝石は女性の敬意を獲得する近道だ。どんなに気まぐれな恋人も高価なおもちゃになだめられることを経験から知っている。

ゾーイがためらった。「新しい服はありがたい……」

「当然だ」

「……けれど、ジャザールの裕福さを証明したいのなら、村に産婦人科の病院を建ててほしいわ」

ナディールは彼女の真剣な顔をじっと見た。「君の村には必要ない」

「必要よ。私にネックレスは必要ないし」

携帯電話が鳴り、ナディールは悪態をつきたいのをこらえた。頑固な妻とのむずかしい交渉を中断したくはない。「すまないが、電話に出ないと」

補佐官の話を聞きながら、ゾーイの表情を観察した。議論を続けるために携帯電話を往来に投げ捨ててやりたいという顔をしている。彼女の本当の姿を垣間見た気がした。ようやく。

そこで補佐官の言葉が引っかかった。「もう一度言ってくれ」ナディールはゾーイに身ぶりで詫《わ》び、往来に背を向けて補佐官の言葉に聞き入ると、いくつか指示を出して通話を切った。彼女にプレゼントを受け取らせることさえできれば、事は簡単なのだが。「さっきも言ったが……」

振り返ると、ゾーイはいなかった。急いで歩道を見まわしても、その姿はなかった。

ゾーイはきびきびと歩いた。胸の中で心臓が大きな音をたてている。本当は猛然と走りだしたいが、それでは目立ってしまう。ただ逃げるのではなく、姿を消さなくてはならないのだ。

通りに目をやり、店を見分けた。一日のほとんどをかけて街の概観を頭に入れたので、場所の見当はつく。あいにくアメリカ大使館は街の反対側だ。

今ごろはナディールも通話を終えている。彼は私をさがしはじめる。直感には反したが、ひょいと店に入った。新しい夫と自分の間にできるだけ距離をあけたくても、通りにいては簡単に見つかってしまう。しばらく隠れているほうがいい。

見まわすと、書店だった。立ちすくんだが、もう遅い。すでに懐かしい本のにおいを吸いこんでいた。

金属製の棚から本を取った。光沢のある真っ赤な表紙だが、作者も題名も知らない。ページを親指で繰って、紙の音を楽しんだ。

「ゾーイ！　そこにいたのか」

しまった。もう見つかった。またとない逃亡のチャンスを逃してしまった。

ナディールはあっという間にやってきた。そばに立たれると、いらだちと癇癪《かんしゃく》を破裂させそうなのがわかった。

相手が叔父なら、耳をかばうために肩をすくめて、ひりひりする平手打ちに備える。人前だろうが関係ない。身をかわして手が届かないようにすれば、叔父のタリーフをますます怒らせるだけだというのも、経験から学んだ。

でも、ナディールの反応は予測がつかない。怖くて手の届かないところへ飛びのきたくてたまらない。それでも必死にとどまり、彼の次の動きを待った。

ナディールは手を出さなかった。だが、動きを封じられた気がする。「さがしたんだぞ」怒っているのに声は荒らげない。「僕には行き先を言え」

いらだちが渦を巻いているようだった。しらを切らなくては。逃亡を企てたわけではないのだと。

本から目を離さず、赤い表紙を指で撫でつづけた。すべすべした感触、懐かしい重さ。本がとても幸せな気持ちにしてくれた昔を思い出す。

「ゾーイ」低く耳ざわりな声でナディールが言った。「無視されるのはごめんだぞ」

「ごめんなさい」ゾーイはゆっくりと彼に顔を向けた。「しばらく本屋に入っていなかったから」

ナディールは小さな店を一瞥《いちべつ》した。「さっき立っていたところから、この本屋が見えたのか?」

「ええ」歯を食いしばって嘘をついた。

ナディールが息を吐いた。忍耐が限界に近づいているようだ。「迷子になったかもしれないんだぞ。僕から離れるな。君になにかあってはいけない」

ゾーイは唇を引き結んだ。言い返すわけにはいかない。最も必要とするときに男性がいてくれるなんて幻想だ。だれも信用できないことはずっと前に学んだ。

「それが欲しいのか?」

本を持つ手に力がこもった。ゾーイはため息をつき、しぶしぶ本を戻した。「いいえ」

「本を選べ。百冊選べ」彼が本棚を身ぶりで示した。

店主が近づいてくるのが目の端に見えた。ゾーイは下を向いた。「気前がいいのね。でもいいの」

ナディールが鋭く息を吸いこみ、うなじをさすった。「どうして僕からの贈り物を拒む?」

彼はそう考えたの? どんなに恥ずかしくても、事実を告げなくては。「ここの本は読めないの」ゾーイは顔を真っ赤に染めてささやいた。

ナディールが動きをとめた。「読めない?」

ゾーイは顎を突き出した。「字は読めるわ! 本を読むのは大好きよ。でも、英語しか読めないの」

張りつめた一瞬、ナディールが彼女を見つめた。だが、すぐにその視線を店主に向け、見ているだけだと告げた。そしてまた二人になると、静かに言った。「叔父さんは学校に行かせなかったのか?」

「ええ」いつも並べたてるでっち上げの理由は、今は口にしたくない。「そのことは話したくないわ」

「彼には正当な理由があったんだろうな」

「でしょうね」叔父は姪《めい》の知識欲を切り札に利用するのを楽しんでいたのだ。

ナディールは本がびっしり並んだ書棚を見てから、ゾーイに目を戻した。「それじゃ、結婚契約書をどうやって読んだ?」

ゾーイはたじろいだ。さらに深い問題に巻きこまれてしまったのかもしれない。正直に答えて、幸運を祈るしかなさそうだ。「読んでいないわ」

「内容は知っているのか? だれか説明したか?」

「いいえ」ゾーイは足元を見つめた。次にどうなるのか見当もつかない。結婚が解消される? 彼がすべてを取り消す? 私を家族に突き返す?

「君はシークの妻だ。この国の言語を読み書きできなくてはいけない。すぐに改善しよう」

ゾーイはナディールが携帯電話を取り出すのを見

守った。「なにをするの?」

「補佐官に家庭教師を手配させる」彼はメールを送った。「結婚一周年までには、君はアラビア語の読み書きができるようになっているだろう」

彼を信じてもいいのかしら。反古《ほご》にされた約束なら山ほど知っている。

「まあ、ご親切に」礼儀正しく言った。もっとありがたそうに言うべきだが、あまり喜ばないほうが、約束が果たされなかったときに失望せずにすむ。

「親切心ではない。君に必要だからだ」

計画が成功すれば関係ないわ。うまくいけば、家庭教師が来る前に国を出ている。「ありがとう」

「どういたしまして」ナディールは携帯電話に別のメールを打ちこんだ。「じゃあ、お茶にしようか」

「ええ」ゾーイは彼についていったが、店を出るときにもう一度書棚を眺めずにはいられなかった。

来年の今ごろには、きっと読める本に囲まれているはずだ。いや、来月の今ごろには。アメリカに帰ったら、図書館へ行って思う存分本を読もう。

ナディールに連れられて通りを渡り、上品なレストランへ向かった。入ってすぐに、自分の服装がほかの客と比べて安っぽいのに気づいた。消えてなくなりたかったが、部屋の中央の特等席に案内された。

シークの妻にふさわしい洗練された気品など少しもないのに、ナディールは文句もいやみも言わなかった。だが、自分の服装が彼の印象を悪くしているのは、客の顔を見ればわかった。

もっとも、ナディールに好きな本のことをきかれると、しだいに服のことを忘れた。彼の思惑はわからない。話をしているだけ? それとも、私の心をさぐっているの?

ゾーイは自由の味を楽しんだ。村を出たときから、呼吸が少し楽になり、自分が生気を取り戻したような気がしていた。すべてが明るく生き生きとしたようだ。街の大胆な建築や活気あふれる人々から、オマイラの自由闊達《かったつ》な精神が感じ取れる。そのおかげで、どんなことも可能だと思えてくる。自分の夢にも手が届くと。

ふくらむ熱意を新婚の夫がつぶそうとしないのがうれしかった。叔父の前では興味を隠さなくてはならない。でも、ナディールは私の興味を大切にして、質問を促してくる。ナディールと一緒にいると、世界が広がる気がする。

レストランを出ると、ナディールが携帯電話を開いた。メッセージをチェックし、眉間のしわが深くなる。

「どうかしたの?」

彼が肩をすくめた。「シンガポールのビジネスに問題が生じた」

シンガポール。シンガポールはアメリカから離れている。でも、ジャザールほどではない。「行ったことがないわ。とても美しい国なんですってね」

「ああ」ナディールがうわの空で答えて、携帯電話のキーをたたいた。

「きっとハネムーンにぴったりだわ」

ナディールがいぶかしげな目を向けたとき、豪華なセダンが縁石沿いにゆっくりととまった。エスコートされて乗りこむと、シートのわきにプレゼント用に包装された包みがあった。

「君に」ナディールはまだメッセージを見ている。

「ありがとう」もうプレゼントはもらいたくない。彼は私を懐柔しようとしているけれど、私は罪悪感しか覚えない。

慎重にリボンをはずし、包装紙を破り取って、しぶしぶ箱を開けた。うんざりするほど贅沢な宝石だと思った。ティアラのような。ところが、入っていたのはスクリーンのある小さなグレーの電子機器だった。携帯電話にしては大きすぎるし、見たことのあるパソコンより小さい。「なにかしら?」

「電子書籍リーダーだ」

ゾーイは興奮に胸を騒がせながら、軽い機器を取りあげた。「電子書籍リーダー?」

「補佐官がプログラムした。もう本をダウンロードできる。これでいつでも好きな本が読めるぞ」

いつでも好きな本が読める……。ゾーイはめまいがした。「私に図書館をくれたの?」

ナディールが携帯電話を置いて、ほほえんだ。

「そういう見方もできるな」

話がうますぎる。きっと落とし穴がある。でも、今は考えたくない。長年読書の機会を奪われていたけれど、これで読みたい本がすべて手に入る。電子書籍リーダーを胸にしっかりとかかえ、小声で言った。「ありがとう、ナディール」

ゾーイが名前を口にしたとき、ナディールの目がきらめいた。「どういたしまして、ゾーイ」そして、指先で彼女の頬をやさしく撫でた。「もう行かないと。ヘリが待っている」

村に戻るの? 急に胸が苦しくなった。自由の味を知ってしまったのだ。もっと味わいたい。「もっとオマイラにいたくないの?」残念そうに尋ねた。

「そういうわけじゃないが、日没までに戻るのが慣例だ。召使いはもう準備を始めている」

「準備?」知る限りでは、つらい儀式も今夜はない。

「二人だけで過ごす初めての夜だ」ナディールが期待をこめてセクシーな笑みを浮かべた。「気を散らすものもないし、じゃまも入らない」

息がつまり、心臓が耳ざわりな音をたてて肋骨《ろっこつ》に当たった。ナディールを近づけたくない。でも、彼は全力で誘惑するつもりだ。

そして私は、彼のような男性に太刀打ちできない。

4

ゾーイは鏡をじっと見た。不安と恐怖に胸をさいなまれながら、化粧台の前に静かに座っていた。二人のメイドが変身に最後の仕上げをほどこしている。もはや無垢《むく》な娘にも内気な花嫁にも見えない。男性を誘惑する一人前の女だ。

こんな姿でバージンのふりを続けられるだろうか。浅く息をつき、ぴりっとした香水の香りを吸いこんだ。ジャスミンと香木の香りはエキゾチックな禁断のセックスへの誘い。じらすための配合だ。ナディールを近づけることだけは避けたいのに。

唇の内側を噛《か》み、手を握り締めた。年配のメイドは花婿のために花嫁の支度をする伝統的儀式のベテランで、しみの浮いた手を振り、ゾーイの不安をあっさり退けた。内気ぶった花嫁の言うことを聞く耳など持たないのだ。

ゾーイは濃いまつげの下からもう一度自分を盗み見た。ぎょっとし、ナディールの前では絶対に横目は使わないと誓った。あまりにセクシーできわどい。

どこから見ても、官能的な喜びに満ちた長い夜のための準備は万全に整っている。風呂に入れられ、オイルを塗られ、香水をつけられ、化粧をほどこされた。ナディールの欲望のために。ゾーイは自分の姿に眉をひそめ、座ったまま落ち着きなく体を動かした。どうせなら首にぴかぴかの赤いリボンを結んで、〝私をどうぞ〟と書かれた贈り物用の札を下げようかしら。

そんな露骨な申し出に彼がどんな反応を示すか想像すると、全身にかすかな震えが走った。ナディールはきっとめくるめく喜びを与えてくれる。でも、拒まなくてはならない。私がバージンではないと知られてしまうから。男性に気を許してはいけない。とりわけ、ナディールのように権力のある冷酷な男性には。

来るべき闘いのための鎧《よろい》があればいいのに。あいにく、体を隠してくれた地味な黄色のカフタンはもうない。今着ているのはサファイアブルーの長い部屋着で、わきには長いスリットが入り、むき出しの脚がのぞいている。でも、体に張りついたシルクが胸やヒップのふくらみを強調しているときに、だれが脚を見るというの？

「シークはあなたを見て喜ばれるわ」アミナがゾーイの豊かな茶色の髪をとかしながら言った。

「そうかしら」どう応じればいいの？　うれしそうにする？　よくわからない。彼が辛抱強いのは、私からなにかを得ようと待っているからよ。

「初夜は切り抜けたのね」別のメイド、ハリマが化粧台を片づけた。「一滴の血も流さずに」

ゾーイは目を見開いた。いったいなんの話？　この人たちはバージンを証明する血痕をさがしてシーツを調べたの？　そこまでは考えなかったわ。

「この前の初夜は……」ハリマが舌を鳴らし、かぶりを振った。「ものすごい出血があって、花嫁はオマイラの病院に運ばれたのよ」

最初の妻は初夜のあとで入院した？　ファティマはなにも言っていなかった。あの従姉なら絶対に自分のほら話につけ加えたいはずなのに。この話にはまだなにかある。「なんの話？」

アミナは髪をとかすのをやめて、身を乗り出した。鏡の中で二人の目が合った。「彼が野獣と呼ばれる理由を考えたことはないの？」内緒話をするように低い声で尋ねる。

メイドは無意識に、ナディールは最悪の男だと決めてかかっている。それとも、ゴシップを集めようとしているのかしら。私の初夜にまつわるスキャンダラスなとっておきの話を？　ゾーイは唇を引き結んだ。噂《うわさ》の種を提供するつもりはないわ。

「そんなことを信じてはいけないわ」メイドに警告した。「シークは信義を重んじる紳士よ」

ハリマが形ばかりの降参のしるしに両手を上げた。

「気を悪くさせるつもりはなかったのよ」

「忠告すべきだと思ったの」アミナがまたゾーイの髪をとかしはじめた。

忠告するというより怖がらせるというほうが当たっているわ。ナディールの肩を持つ必要がないのはわかっている。でも、そうせずにはいられなかった。ゴシップが人を傷つけることを知っているからだろうか。将来をぶち壊すことも、人生をだいなしにすることもあるのだと。

なぜメイドたちの思い違いを正さなくてはと考えたのだろう？　結婚はしたものの、忠誠は誓っていないのに。しかし、ゾーイは確信をこめて言った。

「夫は絶対に女性を傷つけたりしないわ」

「あなたはあの晩いなかったわ」アミナが指摘した。

「ええ、でも、昨日の晩は彼と一緒だった。私の言うことに間違いはないわ」本当かしら？　今のナディールは、新妻と絆《きずな》を築こうと努めて紳士的にふるまっている。

今まで部族の女性の治療師として、DV被害者の世話をしてきた。傷の手当てをしながら、話を聞いた。だが、彼女たちを心配してゾーイがなにを言っても、部族の長《おさ》たちは耳を貸そうとしなかった。

でも、男性一般を信用していなくても、ナディールが暴力的でないことはわかる。ゆうべのこと一つとっても明らかだ。彼は無理強いしなかったばかりか、私にペースを決めさせてくれた。野獣なら襲いかかる。手加減せずにものにするはずだ。

ナディールのような男性は、欲しいものを手に入れるために、手を上げ、声を荒らげる必要はない。

「シークを見くびらないで」アミナがささやいた。不吉な声だ。「あなたもユスラの母親の話を聞けばよかったのに。きっと髪が逆立ったわ」

ゾーイは目を見開いた。「噂の元はそこなの？ユスラの母親？ 意地の悪いおしゃべり女じゃないの。私は彼女の言葉なんてひと言だって信じない」

「でも、どう説明する――」

「説明する必要はないわ」ゾーイはさえぎった。

「だれにも夫の噂はさせない。とくに私の前では」

「ゾーイ、僕の名誉を守ってくれているのか？」ナディールのもの憂げな声がした。英語を使っている。

ゾーイはくるりと振り向いた。ドア口にいるナディールを見て、脈が激しく乱れた。黒い瞳はきらめき、なにをするか予測できないエネルギーが部屋に流れこむ。ドア枠に肩をもたせているが、のんびり構えているわけではない。待ちくたびれて、すぐにも花嫁を自分のものにしようとしているのだ。

ナディールは胸に満足感が広がるのを抑えこんだ。この花嫁が僕の名誉を守ってくれるとは思わなかった。期待以上だ。

だからといって、彼女が僕に忠実だとか、僕に献身的だというのではない。あわてて恥じ入ったメイドをゾーイが下がらせるのを見ながら、自分に言い聞かせた。彼女は単に女性には珍しいゴシップ嫌いなのかもしれない。それでもあの対応は幸先《さいさき》がいい。

待てよ、そうだろうか？ 彼女はすでに僕がどんな男か把握している。ほどなく僕が伝統と革新のバランスを取ろうとしていることも知るだろう。僕がいつか統治することになる男たちとは違うと。

「女性の化粧部屋は立ち入り禁止だって知らないの？」ゾーイは辛辣な口調で尋ね、腕組みをした。

「その理由がわかるよ。どこでなにを聞かされるかわかったものじゃない」

「彼女たちは情報源になんの疑問も持たずにゴシップを広めてしまうけど、心配はいらないわ」

「心配などしていない」心配なのはゾーイがどう思ったかだ。彼女は僕の最初の初夜についての噂を信じなかった。ためらわずに僕を擁護した……。

「ここでなにをしているの？」長くなった間をゾーイが破った。

「僕の花嫁はどこにいるのかと気になってね」ナディールはにやりとした。「夜が訪れたのに、スイートルームはからっぽだ。だから、君が不安に負けて窓から逃げ出したのではないと確かめに来た」

彼女がびくりとした。「ばか言わないで」

その目がうしろめたそうに光った。本当は逃げたかったのだ。僕は野獣ではないと断言してくれたが、本気で信じているのだろうか？

今夜の営みは軽めにしなくては。彼女と結ばれなくてはならないが、怖がらせてはいけない。体を貫くむき出しの欲望を隠して、ロマンチックに魅力的に見せなくては。強烈な欲望におびえさせずに、人生最高の夜にしてやろう。花嫁に逃げ出されるのだけは困るのだ。

「待たせてごめんなさい」ゾーイがしぶしぶ立ちあがった。「準備が予想以上に長引いて」

ゆっくりと近づいてくる姿を見ても、ナディールは動かなかった。彼女の姿が、その動きが、夢想を実現してくれると約束している。「待ったかいがあるよ。とても美しい」静かに言った。

そして、そのほめ言葉にゾーイが顔を赤らめるのを見て、称賛を心地よく感じていないのがわかった。甘い言葉でベッドに誘うなら慎重にしなくては。

「さあ」彼女の手を取った。ちょっと触れただけで、血管を熱いものが駆けめぐりだしたのは無視した。

「日が暮れた。ディナーが待っている」

ディナーを終える前にパニックを起こしてしまうと、ゾーイは思った。ナディールが召使いを下がらせたので、今は二人きりだ。並んでローテーブルについている。しゃちこばって、腕も脚も体に引き寄せているのに、なぜか彼に触れてしまう。

　じゃまするものが必要だ。彼の呪縛を解くものが。

「携帯は鳴らないみたいね。すべて解決したの？」

「残念ながらまだだが切った。明日処理する」

　ゾーイは目をまるくした。「あなたが？　携帯を切った？　なぜ？」よりによってどうして今夜？

　ナディールが肩をすくめた。「二人だけで過ごす初めての夜だ。なににもじゃまされたくない」

　ゾーイの笑顔が固まった。「段取りがいいのね」どうしてそんなに気を配らなくてはいけないの？

　夫は信じられないくらい魅力的で心遣いが行き届いている。そのせいでますます不安になる。食事が喉を通らないし、部屋着の細いストラップがはずれないようにと動くこともできない。それに、ナディールの視線を意識せずにいられない。

　こういう注目には慣れていないのだ。たいていは無視されてきた。実際それでいいと思っていた。そのほうが安全だから。

　けれど今は、心のどこかでその注目を求めている。こんなに洗練されたセクシーな男性を前にするなんて、めったにないことなのだから。もし違う状況で、たとえばナイトクラブとかコーヒーハウスで彼と出会ったのなら、きっと軽い気持ちで親しくなれただろう。

　でも、ここはジャザールで、私がバージンでないことを知れば、ナディールは簡単にこの結婚を取り消せる。だから、なれなれしくしてはいけない。しかし、なんとか保っていたよそよそしく冷たい態度も、彼が旅行の話で楽しませてくれるうちにぐらつきだした。彼は気をゆるませるすべを心得ている。

世慣れた男性だということはわかっていても、その洞察力には絶えず驚かされる。ナディールはアメリカでも最高の学府で教育を受け、博識で見聞が広い。それに、進取の気性に富んだ精神ととても現代的な考えを持っている。もっとも、彼の意見すべてに賛成なわけではないが、以前ジャザールの男性に異議を唱えて折檻《せっかん》を受けたことを忘れてはいなかった。

ナディールがゴブレットから酒を飲むのを見守りながら、なぜ私のような女との結婚を承諾したのだろうかと改めて思った。部族の中のどの女性だって選べたはずなのに。よりによってどうして私と？

彼は私とでは格が違う。単に社会的な地位に限らない。この男性は異性の口説き方も心得ている。彼のキス一つで、私はなにもかも忘れてしまう。彼もそれを知っている。なのになぜためらうの？

本物の障害に直面したとき、彼はどうするのだろう？　日ごろから、男性の真価は困難に直面したときにわかると思っている。叔父は殴った。ムサドは私を矢面に立たせて逃げた。ナディールはどうするかしら？

ナディールが果物皿に盛られた葡萄《ぶどう》を房からもぎ取った。体を愛撫《あいぶ》されたときにあの男らしい大きな手がどう感じられたかを思い出し、肌が熱くなった。

「食べてごらん」彼が葡萄を差し出した。

とっさに口を固く閉じたが、断っても意味がないと気づいた。はにかみながら口を開くと、ナディールが濃い紫色の果物をそっと差し入れた。口を閉じると、ナディールの親指が唇を撫《な》でた。みずみずしい葡萄の味が口の中いっぱいに広がったとき、ゾーイは彼の黒い瞳に浮かぶ欲望に気づいた。

ごくりと唾をのみこんだ。体の奥で熱い欲求が火花となって飛び散る。まつげをしばたたき、欲求を隠そうとしたが、むだだった。ナディールが顔を近づけてゾーイの唇に軽く唇を触れた。

キスは控えめでやさしかった。蝶《ちょう》の羽が唇をかすめたかのようだ。ナディールがわずかに身を引く。だが、ゾーイの唇は一瞬も彼の唇から離れようとしなかった。この思いがけない甘美な瞬間がだいなしになるのが怖くて動けなかった。ナディールは黙ってキスを返されるのを待っている。

ゾーイは唐突に顔をそむけた。私はどうしてしまったの？ 情熱的に激しく迫られると覚悟していたから、やさしさにはどう対処すればいいかわからない。この男性は野獣ではない。狐《きつね》みたいに狡猾《こうかつ》だ。

私が主導権を握らなくては。今夜のペースは私が決めるのよ。もうひと晩、おびえたバージンのふりをしよう。やりすぎてもいけないけれど、彼を欲求不満にするわけにもいかない。

ディナーのテーブルを凝視するうち、戦略が次々と浮かんだ。「これを食べて」かすれ声で言って、葡萄を房からもぎ取る。彼のほうへ差し出したところで、動きがとまった。遅ればせながら、自分が彼に食べさせることになると気づいたのだ。

あまりに親密すぎる行為だ。彼の目に浮かんだ表情から判断するなら、あまりに象徴的な行為だということになる。

すると、ナディールはゾーイの手首をつかんで、その手を自分の口まで持っていった。手つきはやさしいが、放す気配はない。彼に仕切られたくなくても、見ているしかなかった。

彼が葡萄を無視して、指の関節に軽くキスをした。ゾーイは眉をひそめた。手がしだいにこわばるのを感じたとしても、なにも言わない。小指の先に歯を立てただけだ。

軽く噛んだのは、企《たくら》みはやめろという警告だろうか。わからない。ナディールが今度は隣の指をくわえ、その先を吸った。官能が刺激され、息ができなくなりそうだ。

ゾーイははっとして葡萄を落とした。葡萄が床にころがったが、手は引き抜かなかった。それより、胸の先端のうずきと下腹部の鈍い痛みを抑えこむのに必死だった。

ナディールの目がきらめいた。隠そうとしても、私の反応を見抜いている。彼は私より私の体のことを知っている。それが怖い。こんなことはやめなくては。完全に支配される前に、彼をとめなくては。

「ナディール？」ゾーイは手を引っぱった。驚いたことに、彼はあっさり手を放した。

その代わり、身を乗り出してきた。両側に手をついてたくましい腕の中にゾーイを閉じこめ、首の横に顔をすり寄せる。肩をすくめてかわそうとしたが、間に合わなかった。

目を閉じ、ごくりと唾をのみこんだ。彼が首に沿って唇をすべらせていく。どうやら作戦を変えたらしい。今夜はじっくりなだめて服従を促す気だ。彼の力を見せつけられずにすむと安堵《あんど》すべきかもしれないが、この誘惑はゾーイの五感に大混乱を引き起こした。

耳の下の感じやすいところにそっとキスされ、あえぎたいのをこらえた。「私たち……私たち……」

「そうだよ」ナディールが耳元でささやく。温かな息がくすぐったい。「僕たちはこうすべきなんだ」

彼の唇がゾーイの唇をとらえた。やさしくさぐるように。唇の端から端へと小さなキスを重ねていく。唇の合わせ目に舌を這《は》わされると、ゾーイは無意識に口を開いて彼を受け入れていた。

ナディールは両手でゾーイの頭を支えて、キスを深めた。やさしい気遣い、うやうやしさをこめたキス……。ゾーイの中でなにかがはじけた。両手を彼の胸にすべらせ、首にまわした。ためらいがちにキスを返すと、彼の脈が速くなるのがわかった。

意識がゆっくりとナディールの唇に集中した。舌が彼の口の中へ引き入れられると、二人の息が混じり合った。彼のキスはなにかを訴えている。私に欲望を抱きながら、信頼を求めている。でも、彼を信頼することはありえない。

ナディールが片手をゾーイの肩から背中へすべらせ、クッションに横たえた。ひんやりしたシルクに背中が触れて初めてそのことに気づき、ゾーイは身を硬くした。ナディールが両手で撫でてなだめようとした。

このままではいけないと、ナディールの豊かな髪に両手を差し入れて引き寄せた。彼のくぐもったうめき声が耳に入り、ぞくぞくした。自分には彼を興奮させる力があるという思いと喜びが陶然と入り混じり、頭がくらくらする。キスとはそういうものだ。互いに与え、奪い合う。信頼して受け入れる。ナディールはキスの一つ一つで自分の心を少しずつ私に与えながら、私の心を少しずつ奪っていく。

部屋着のストラップにかかったナディールの手が震えている。心臓がとまりそうになった。あらがいがたい興奮を彼も感じているの？　彼もやはり受け入れる気持ちと屈するまいという気持ちのはざまでもがいているの？　それとも、自制心を失いかけている？

ナディールはストラップを肩から下ろすと、あらわになった胸に手を広げた。自分のものだと主張するように。硬くなった先端が彼のてのひらに当たった。ゾーイは彼の手に胸を押しつけ、喜びの叫び声をあげそうになるのをこらえた。

ナディールの目が野性の欲望にぎらついた。すぐに隠したが、ゾーイは見逃さなかった。背筋に戦慄が走った。だが、胸の頂を丹念に舌で愛撫されると、恐れはすぐに消えた。喉から長いうめき声がもれ、全身が熱くなる。唇と指でじらされ、体の芯にともった小さな火が赤々と燃えあがった。

胸が張りつめて重く感じられ、下腹部に激しいうずきが広がった。ゾーイのあえぎ声が部屋を満たす中、ナディールがゆっくり部屋着の裾を引きあげて彼女の脚に手をすべらせた。大胆に脚の間に手を当てられると、ゾーイは激しく抵抗した。

ナディールが最も敏感な場所に指を押し当てた。熱いものが体の奥で渦を巻き、撫でられるたびに、きつく締まるような感覚が高まっていく。指が深く入りこみ、ゾーイは巧みな愛撫に身もだえした。

「そうだ、ゾーイ」喜びを追いかけるゾーイを見て、ナディールがしゃがれ声で言った。

温かな快い満足感が体の芯から全身に小波《さざなみ》のように広がっていく。このすばらしい瞬間をつなぎとめて、純然たる興奮をできるだけ長く楽しみたい。

体から力が抜け、ゾーイはクッションに沈みこんだ。息を継ごうとすると、耳の奥で血が脈打った。衣《きぬ》ずれの音は聞こえなくても、はっとして筋肉がこわばった。ナディールが膝でそっと突いて脚の間に入り、位置を定めたのだ。

頭を振り、言葉を声に出そうとした。「私は……できない……」ナディールの張りつめた先端が敏感な部分に当たった。不実な体は余韻にまだ脈打ち、彼を受け入れたがっている。

ナディールは体を沈めかけ、動きをとめた。目を固く閉じ、歯を食いしばっている。腕が震え、頬の筋肉が収縮した。

この穏やかでやさしい営みをどう受けとめればいいかわからない。本能的に腰を浮かし、ナディールをさらに深く受け入れた。すると彼がのけぞった。自制の糸がぷっつりと切れたかのようだ。胸の奥でうめき声が低く響いたかと思うと、ナディールが彼女の中に深く身を沈めた。

こんな感覚は初めてだ。力強く突き入れられるたびに激しい興奮が体の奥で高まっていく。全身の感覚を奪い、理性を焼き尽くし、肌を圧迫する。彼が与えてくれる満足感はすさまじい。

ナディールに腕をまわしてしがみついた。胸のふくらみは彼の胸板に密着し、脚は彼の腰にからまっている。もし私が粉々に砕けても、ナディールがつなぎとめてくれる。

奔放に突き入れられて、ゾーイの体を熱いクライマックスが駆け抜けた。ナディールが耳元で低くうなった。ゾーイはのけぞり、口を開いた。だが、強烈な喜びを味わい尽くそうとする間は声も出なかった。

それでも、容赦なく貫かれるだけでは足りず、愚かにも荒々しいリズムについていった。大きく息をつき、原始的な男性の香りを吸いこむ。秘めた部分が脈打ち、ナディールをしっかり包みこむと、彼の筋肉が波打って、ゾーイの手の下で張りつめた。彼はしゃがれ声をあげ、最後の力強いひと突きで自分を解き放った。体がこわばったと思った次の瞬間、腕から力が抜け、ゾーイの上に倒れこんだ。

部屋はすぐに静まり返った。聞こえるのは耳ざわりな乱れた息遣いだけ。不本意ながら目を開けると、無上の喜びの瞬間が消え失《う》せた。

魅惑的な恋人は危険な男に変わっていた。怒りと威嚇をこめてにらみつけたまま、ゾーイを床に押さえつけた。体はまだ結ばれている。

恐怖がからみついてきた。自分をこんなに無防備に感じたことはない。身も心もこんなにむき出しにされたことはない。彼は私の真実を知っている。彼が歯を食いしばって言葉を発する前からわかった。

「君はバージンじゃなかった」

5

逃げられない。仰向けで、上にはナディールがいる。彼はゾーイを閉じこめるように両手を床についていた。

心臓が激しく打って痛いほどだ。体はナディールの感触にまだ脈打っている。にらみつけている彼の目を用心深く見た。不機嫌なのが手に取るようにわかる。少し前にあんなにやさしく情愛をこめて愛撫《あいぶ》してくれたのが信じられない。

彼を近づけてはいけなかった。彼のやさしさはすべて見せかけだった。でも、彼の作戦に気づいても、私はきっと引っかかったに違いない。なぜ？　一瞬自分が一人でないと感じたから？

ナディールは私の孤独に気づいて利用し、私はされるがままになった。嫌悪感が無数の針さながら刺してくる。自分のしたことの結果に耐えなくては。

「答えろ、ゾーイ」うなるような低い声だ。

ナディールの腕を押したが、びくともしない。

「下りて」

「いやだ」ナディールはにべもなかった。

「どうしてそんな言いがかりをつけるの？」真実がばれても、否認することしか思いつかない。

「やめろ。君がバージンでなかったのはわかっている。なんの抵抗もなく、君は痛みを感じなかった。純潔を証明する血痕もない」

「そんなことはなんの意味もないわ」

「しらを切るな。話すんだ。本当にごまかせると思ったのか？」

鼓動が激しくなり、心臓が胸から飛び出しそうだ。

「なぜそんなことを言うの？」

ナディールが疑わしげに目を細めた。「気づかれないと思ったのか?」腰を押しつけられ、ゾーイはあえいだ。体が反応してしまう。「自分の反応を隠せると?」

ナディールにしがみついているのに気づき、ゾーイは愕然《がくぜん》とした。彼に触れられると体が活気づく。あらゆる感覚を封じこめて、闘うか逃げるか決めなくては。彼が私をたやすく破滅させられることはわかっている。

「わかったわよ!」恐怖と不安で窒息しそうだった。うわべを繕っても、状況は悪くなるだけだ。ゾーイはクッションにもたれ、目をそらして白状した。

「私はバージンじゃなかったわ」

静寂が重くのしかかり、寒気が骨までしみてきて、唇を噛《か》んだ。私はどうなるの? ナディールはどうするつもり? 私に自分の行く末を直視する強さはあるかしら。

涙がこぼれそうになり、必死に目をしばたたいた。「下りてくれないかしら……お願い」声が震えた。

ナディールが迷っているのがわかった。私の願いを聞いてもらえるわけがない。だが驚いたことに、彼はしぶしぶ立ちあがった。

僕はどうして彼女に触れたいのだろう? 彼女は純粋なジャザール人ではないし、対等な相手とはとても言えない。求めた答えを得たのに、どうしてわざわざ怖がらせるんだ?

「恋人がいるのか?」ナディールはてきぱきと着衣を整えた。「まだかかわりがあるのか?」

そんなことをきかれるとは思わなかった。彼の知ったことではないのに。「いいえ」ゾーイはゆっくりと起きあがった。でも、よくわからない。ムサドは過去の人だけれど、いまだに私の将来を脅かしている。

「僕は真実が知りたんだ、ゾーイ。元恋人にうろうろされたくない。君はもう僕のものなんだ」

察するべきだったわ。男はみんな同じ。ナディールが気にしているのは自分の立場だけ。自分のものだと思ったものをどこかの男が盗んでいた、自分の女に先に手をつけていた、それが気にさわるのよ。

「あなたのもの？　本気で言っているの？」ゾーイは辛辣な口調で尋ねた。私はだれのものでもないし、どこにも属していない。私のことなどだれも求めていない。一時的に利用したいだけだ。

部屋着のストラップをすばやく引きあげて肌を隠した。「あなたがベッドをともにした女性すべてのリストをくれる？　そうすればどこででくわしてもわかるから」

ナディールが両手を腰に当てた。古典的な戦闘のポーズだ。「何人の男とセックスした？」

状況は悪くなるばかりだ。我慢して、彼が怒りを吐き出しきるまでわめくのを聞いていればよかった。

でも、どうしても黙っていられなかった。

「何人だ、ゾーイ？」低い耳ざわりな声に、ゾーイは身震いした。

「一人。一人だけよ」しぶしぶ答えて立ちあがった。たった一人の男のために人生がだいなしになった。私はつくづく男を見る目がないんだわ。

「信じない」

そうでしょうとも。私のような女が真実を話すわけがないものね。怒りがふつふつとわきあがった。女はみんな、バージンでないなら、ふしだらなわけね。「あなたの価値観で私を判断しないで」

ナディールの頬が赤黒く染まった。癇癪《かんしゃく》をこらえているのだ。「僕は童貞のふりはしていない」

「必要がないからでしょう？」彼はシークで、別のルールで生きている。でも私は、純真無垢《むく》でなくてはならない。「私だってバージンだなんて一度も言っていないわ。あなたが決めつけたのよ」

「君は完璧にそのふりをした」ナディールはゾーイの演技力に敬意を表してお辞儀をした。あの瞳をのぞきこんだだけで、なんでも信じたくなったのだ。

ナディールは自己嫌悪に陥りながら部屋の中を歩きまわった。僕はゾーイがこの通過儀礼を怖がっていると思った。自分の欲望にとまどっていると。強烈な欲望におびえているのだとすら考えた。ばかだった。

いや、ばかより悪い。ナディールはうつむいて、自分の不面目な真実の姿を認めようとした。十代のころから、自分は現代人だと信じてきた。祖国に縛られていても、盲目的にその慣習に従うことはなかった。すべてを問い直し、納得できるしきたりだけにかかわり、進歩という名のもとにこの国に変化をもたらそうと心を決めていた。

それなのに、ゾーイがバージンでないと気づいたとたんに、自分があまり進歩的に思えなくなった。本能がほかの男を消せとわめいた。最初の恋人を彼女の記憶から消せ、ほかの男の存在を消し去れと。

大きく息を吸い、両手で顔をぬぐった。僕は野蛮な先祖たちとは違う。原始的な慣習や自分の感情に左右されるつもりはない。

だが、一番の難題は、強烈にゾーイに惹《ひ》かれていることだ。バージンではないと気づいたときにやめるべきだったのに、欲望を抑えられなかった。自分のものにせずにいられなかった。

ゾーイには過去がある。セックスの経験がある。おかげですべてが変わった。彼女は、誘惑して服従させられるうぶなバージンではない。ちょっとした愛撫と甘い言葉で、命令に従わせることはできない。おとなしく山間《やまあい》の離宮にも行かないだろう。だいたい、僕が彼女から離れられそうもない。

今も彼女ともう一度体を重ねたくなっている。今度は服をはぎ取って、僕の名前を繰り返し呼ばせたい。彼女の体と心を僕のものにしたい。彼女が触れてこなくても、僕のほうから抱き締めて、気絶するほどキスをして、ベッドに倒れこみたくなっている。

女性が僕をこんなふうにするとは思わなかった。それも政略結婚の相手が。幸い、ゾーイは自分の魅力にまったく気づいていない。彼女が自分の力に気づいたら、僕は勝負に負ける。そんな危険な欲望は急いで抑えこまなくては。

僕がゾーイの最初の男でなかったのには失望したが、バージンでなかったのはべつに犯罪ではない。だが、彼女がしきりに逃げようとしたのはそのせいなのか？　僕が結婚を破棄して、彼女を鞭《むち》打ちの刑にすると思って？　きっとそうだ。僕は野獣だから。たぶん僕が自ら鞭をふるうと思ったのだろう。

それをうまく利用しようか。僕をなだめるために彼女はジャザールの女らしくふるまうだろうか？　結婚の儀式の最終日までだとしても？


振り向いて背中を窓に預け、ゾーイを見つめた。髪はくしゃくしゃで、唇は赤く腫れあがっている。僕のせいだ。片手を肩に、もう一方をウエストにまわしているが、自分を隠す身ぶりは無用だ。官能的な美しさも、肌の味わいも覚えている。

視線をゾーイの目に向けた。苦痛と怒りが見て取れるが、ほかにもなにかある。彼女にはまだ秘密がある。その思いが酸のようにナディールを焼いた。その秘密が僕の面目をつぶしかねない。まだ攻めなくては。

「だれが君の真実を知っている？」部族が僕の反応を試すためにわざと不純な花嫁を提供したのかもしれない。「長老たちか？」

頭がおかしいのかと言わんばかりに、ゾーイがナディールを見た。「まさか」

「確かか？」ゾーイの秘密を暴くつもりはないが、ほかに知る者がいたら高くつくことになる。

ゾーイの瞳が怒りにぎらついた。「彼らに知れたら、鞭打ちの刑を受けるわ。私には傷跡があるはずよ」

それはそうだ。彼女の体の傷や火傷《やけど》の跡を見たときには、胸がふさがった。彼女を苦しめた者たちを容赦なく罰してやりたかった。だが、傷跡は長年の残忍な折檻《せっかん》でできたもので、鞭の跡ではない。

「これは結婚を解消する理由になる」ナディールは感情を交えずに言った。彼女を安心させないために、脅かさなくては。

ゾーイが殴られたように縮みあがり、消え入りそうな声できき返した。「解消？」顔から血の気が引いている。「そうするつもりなの？」

気はとがめなかった。「それも契約のうちだ」

ナディールをにらみつけるゾーイの顔がこわばった。「信じないわ」一歩進み出て、非難するように指を突き立てる。「あなたは私を脅そうとしているのよ。私にはどうせアラビア語が読めないからって。それを攻撃材料に使うくらい察するべきだったわ」

ナディールは腕を組んだ。ここは冷酷にならないといけないし、あやまるつもりもない。「嘘《うそ》ではない。契約によれば、君は不正に結婚したことになる」

「今の時代、妻がバージンではなかったからと結婚を取り消す男性がいるかしら？」

そんな理由で結婚を取り消すつもりはない。また解消となれば、その政治的な影響は大きい。

自分が失うものはゾーイが失うものより多いだろう。だが、それを悟られてはならない。

「君は嘘をついて結婚した」ナディールは身ぶりでドアを示した。「ジャザールの男は信用できない女とは暮らさない」

「確かに」ゾーイが怒りに手を振りあげた。「私の知るたいていの男は誓約の意味がわかってないわ」

ナディールは両手で髪をかきあげた。胸が重苦しく、息をするのも苦しい。僕はこの結婚をまっとうしなくてはならない。ゾーイはそこに賭けているのだろうか。だから、野獣との結婚を承諾したのか？僕がもう一度解消するわけにいかないから？

ゾーイをしげしげと見た。いや、僕がこの結婚を成功させなくてはならない理由を知っていたら、とっくにそのことを利用しているはずだ。だが、彼女の目の表情から判断すると、むしろ僕と結婚した理由を隠すことに関心があるようだ。

「なに？」ゾーイが目をそらした。「なんなの？」

ナディールは首をかしげ、彼女の表情を観察した。なにかを隠している。「ほかにはなにを隠しているんだ？」

ゾーイが顎を突き出した。「なんの話かわからないわ。隠していることなんかないわよ」

いいや、隠している。「本当か？」不安が胸を締めつけた。「赤ん坊がいるわけじゃないだろうな」

「赤ん坊？」見るからに衝撃を受けている。「私が妊娠していると思っているの？」

ナディールは肩をすくめた。呼吸がいくらか楽になった。僕の非難に彼女はショックを受けた。あれは見せかけではない。赤ん坊でないなら、なんだろう？

ゾーイが恐怖に目を見開いた。「私が妊娠しているように見える？」

「君はうしろめたそうに見える」

「つまり、こういうこと？　バージンでないなら、私はふしだら。過去にセックスの経験があるなら、きっと今妊娠している」

ナディールは片方の眉をつりあげて、彼女が怒りを爆発させるのを見守った。「セックスすれば妊娠する」

「私は妊娠していないわ」彼女が歯を食いしばった。

「そう言えば僕が信じるというのか？　君は正直だから？」

ゾーイがさっと頭を上げた。長い茶色の髪が肩に流れた。「妊娠検査をして。なんなら今すぐ」

「結婚二日目に、フロントに電話して妊娠検査薬を頼めるわけがないだろう」

「妊娠を隠してはいないわ」ゾーイが誓いを立てるように胸に手を当てた。「絶対に」

「そうか。だが、今まで完全に正直ではなかった」

「シークにふさわしい純粋なジャザール人の花嫁でなくて悪かったわね」ゾーイが苦々しく言い返した。「でも、あなただってそれほど高潔じゃないわ」

ナディールは一歩近づいた。「なんだと？」

「約束を破ったじゃないの」

「僕は常に約束を守る」ナディールはゾーイの肩に手を置いた。「二言はない」

ゾーイは肩をすくめて彼の手を払った。「私の覚悟ができるまでセックスはしないと約束したのに、私を誘惑したわ」

それを僕の責任だとは言われたくない。「君はいつでも僕をとめられた」

ゾーイが片方の眉を上げた。「そうはいかなかったことくらいお互いわかっているでしょう」

ナディールは奥歯を噛み締めた。もしかしたら彼女は、僕が手を出さずにいられないことに気づいているのかもしれない。彼女に近づいてはいけない。信用していないのだから。いや、それより問題なのは、僕が自分を信用できないことだ。

だが今は、ゾーイがまだなにか隠しているという事実を問題にしなくては。「君が僕の約束を取りつけたのは、バージンだと知られないためだったんだな」

彼女がゆっくりとうなずいた。「そうよ」

ゾーイが認めたことに驚いた。なぜ急に正直になったんだ？　おかげでずうずうしく嘘をつかれたときより彼女が疑わしく思える。

「君は僕に知られる危険があるのを知っていた。それなら、結婚を解消される恐れがあることもわかっていたはずだ」

「結婚の儀式の最終日までばれなければと思ったの」

　確かに、最後の儀式がすめば、離婚はほぼ不可能だ。「僕が君を背負いこんでしまえば？」

「それはお互いさまよ」ゾーイが言い直した。そして唇を噛むと、大きく息を吸いこんだ。「はっきり言って。私をどうするつもりなの？」

　わからない。この結婚はまっとうしなければならないが、ゾーイは信用できない。

　ゾーイが顔を上げた。涙ぐんだ目がきらきらしている。「あなたに出会う前のことで罰するの？」

　彼女はバージンでなかったことで僕が憤っていると思っている。ほかの秘密を見つけ出すまでは、そう思わせておこう。「君に尋ねる権利はない」

「あるわ！」ゾーイは怒りに目を光らせ、床を踏み鳴らした。「あなたの決断が私の将来を左右するのよ」

「先にそれを考えるべきだったな。僕と寝る前に、あるいは僕より前の男と寝る前に！」

　ゾーイが両手を腰に当てた。「あなたが私の立場だったらどうしたかしら？　どう切り出した？」

「考えるだけむだだ」ナディールはローテーブルの横を通り過ぎた。「もう取り返しがつかない」

　テーブルわきのクッションが目にとまった。花嫁を床の上で抱くなんて、なにを考えていたんだ？　そんなつもりはなかったのに。

　はっとして立ちどまった。避妊を忘れていた。目を閉じ、両手を拳に握り、動揺が血管をめぐるのをこらえた。ゾーイは僕の子を妊娠したかもしれない。

そうなるとすべてが変わる。たとえ二度目の結婚解消で有力な部族の怒りを買う覚悟はできても、我が子には対してはそうはいかない。信用できない女との契約で自分を縛り、子供の成長を見守る責任がある。

不当な運命に、なにも考えられなくなった。心の奥では、運命の女神が最初の結婚での初夜の対応を罰しているのだとわかっていた。

「どうしたの？」ゾーイがうしろで尋ねた。

「ここを出る」冷静になって、選択肢を検討しなくては。ゾーイとの結婚を続けるつもりになってはいるものの、口に出す覚悟ができない。

「どこへ行くの？」不安そうな口調だ。

「別の部屋を取る」ナディールはドアに向かった。次の手を打つ前に考えなくてはならない。

ゾーイが腕を引いた。「だめよ！」

ナディールはシャツの袖をつかむ手を見おろした。

「なぜ？」うわの空で尋ねた。耐えがたいほど気持ちが乱れている。「自分の評判が心配なのか？」

「ええ、そうよ！」ゾーイが差し迫ったようすで袖を引っぱった。「花婿はハネムーン用のスイートルームにいるものよ。私があなたを怒らせたなんて噂《うわさ》が立てば、私は困ったことになるわ」

「だれもそんなふうには思わない」本当にそうだろうか。ゾーイは緊密に結びついた部族に属している。夜が明けるころには、彼女は僕にふさわしい花嫁ではないと、だれもが知ることになるだろう。混血のうえに、そんな烙印《らくいん》を押されれば、彼女の人生は途方もなくつらいものになる。

「ナディール、聞いて」真っ赤な爪が柔らかなシャツの布に食いこんだ。「私を叔父に返さないで」

家族のもとに返すのが残酷なのはわかる。

「私は許してもらえない。叔父に恥をかかせることになるから。きっと殺されるわ」声が震えた。「仲裁してくれる人なんていない。叔母たちは叔父の決定を支持するし、部族もあおるわ」

「ジャザールでは名誉殺人は禁じられている」この若さでここまで悲観的になるなんて、彼女は叔父の家で虐待されていたのだろうか。叔父は彼女を守らなかったのか？　傷や火傷の跡をつけたのは身内だったのか？　彼女の過去をもっと知る必要がある。

「叔父はかまわずやるわ」ゾーイが言った。「お願い。私を狼《おおかみ》の群れに投げこまないで」

「僕に指図するな」ナディールはドアを開けた。

「それでも出ていくの？　これだけ頼んでも？」ゾーイが彼の腕から手を離した。大きく息をつき、目をそらす。「結婚を解消するつもりなの？」

「僕をせかすな」ドアを出ながら警告した。「僕の決断は、君もほかの者たちと一緒に儀式の場で聞くことになる」

6

翌日の夕方遅く、ナディールは大股にスイートルームへ向かった。心は決まったが、気分は晴れない。計画は、ゾーイが妊娠している可能性があると気づいたときから本質的には変わっていない。

精いっぱい彼女には近づかないようにした。予想どおり、別の部屋を取っても怪しまれなかった。携帯電話が鳴りつづけていたことも役立った。仕事の電話で新妻を煩わせたくないと簡単に告げただけで、すんなり別のスイートルームを用意された。

冷笑に唇がゆがんだ。僕も妻と同じくらい嘘《うそ》がうまくなった。

妻。その言葉が短剣さながら胸を切りつけてきた。

ずるくて信用できない僕の妻。彼女を思い、夜も眠れなかった。

ゾーイに会うときには、自制しなくては。女の魅力や涙には心を動かされないところを見せるのだ。今夜は苦しいものになるだろう。幸せな花婿を演じながら、体の接触は最小限に抑えなければならない。ハネムーン用のスイートルームに入ると、眉間のしわが深くなった。厄介な花嫁が居間にいない。結婚を続けたいなら、おとなしく僕を待っているべきなのに。

思わずそう考えてから、顔をしかめた。これでは父と同じだ。古めかしい考え方に時代遅れの価値観。ゾーイには僕の規範を試していらだたせる才能がある。

寝室のほうを見ると、二人のメイドがいた。派手なアバヤにヘッドスカーフ姿だ。宝石で飾った手で、閉じたドアをおずおずとノックしている。

「なぜ彼女に身支度をさせない？」二人に近づいた。

アミナが振り向いて息をのんだ。緊張した手が太いネックレスをつかんだ。「最後の仕上げをしていたのです。でも、奥さまは私たちを追い出して、寝室に閉じこもってしまわれて」

ナディールはなにも言わず、心配そうな顔もしなかった。だが、ドアを開けさせるには一戦交えなくてはならないと覚悟した。

ゾーイは間違っている。こんなふうに厚かましく僕を試してはいけないと、すぐに知ることになるだろう。「下がっていいぞ。支度は僕がさせる」ナディールはメイドに言った。

アミナとハリマが目を見交わした。夫らしい辛抱強さを見せられても納得できないのだ。

「心配ない」心にもない笑みを浮かべた。「妻は儀式が苦手だ。注目にも慣れていない。あとは僕が引き受ける」

それでも二人はためらっている。

「披露宴に出てくれ」招待めかして、出ていけと身ぶりで示した。「妻と僕もすぐに行く」

命令は聞けばわかる。メイドがあわてて出ていくのをじりじりと待ちながら、父や祖父が反抗的な花嫁を服従させるために使った方法を思い出した。

いや、だめだ。目を閉じ、最後の忍耐を振りしぼった。先祖のようなやり方はやめよう。ゾーイは現代的な女性だ。僕も洗練された男らしくふるまおう。

メイドがいなくなると、閉じたドアを傲然とノックした。「ゾーイ？　披露宴に行く時間だぞ」

「私は行かないわ」

彼女はドア近くにはいない。部屋の反対側にいるようだが、挑戦的な態度はその声からも明らかだ。

ゾーイの真の姿を垣間見た気がする。頑固で、御しがたく、興味をそそる。「ドアを開けろ」ナディールは警告をにじませて言った。

「部族に私を披露して、自分にはふさわしくないと叔父に突き返すため？　勘弁して」

こんなことは我慢ならない。閉じたドア越しに話し合う気はない。「最後の警告だぞ」

「披露宴は私抜きですればいいわ」

ナディールは一歩下がると、猛然とドアを蹴った。木の裂ける音が響き渡り、ぎょっとしたゾーイの叫び声はほとんど聞こえなかった。ドアが突然開き、すさまじい音をたてて壁にぶつかった。

ゾーイがくるりと振り向いた。金色の式服がさらさらと音をたてる。目が覚めるように美しい。ナディールはドア枠につかまった。膝がなえそうだった。

黙ってしばらく見ていた。視線が茶色の髪へ移ると、耳の奥で大きく血が脈打った。ゆるくカールさせた髪はうしろに撫《な》でつけられ、きらめく小さなティアラがのせられている。ベールはない。ゾーイはシークの妻にふさわしい美女に変身していた。

金色のカフタンが光を受けてきらめき、シルクがその下の曲線美を浮かびあがらせている。ドア枠をつかむ手に力がこもった。すばらしい。初めて会ったときにもセクシーだと思った。しかし、この美しさには不意をつかれた。

ゾーイは傲然と前に立っている。体の両わきで拳《こぶし》を握り、反抗心と恐怖で目をぎらつかせて。「引きずってでも連れていくなら」低く険しい声だ。「蹴飛ばして、金切り声をあげて、引っかくわよ」

「君ならやりかねないな」ナディールはぼんやりと言った。頭に靄《もや》がかかったような状態を破ろうと、激しくまばたきした。

ゾーイは鋭く目を細めて、部屋に入ってくる彼を見すえた。「みんなの前であなたの隣に立って、公然と恥をかかされるつもりはないわ」

ナディールは慎重に近づいた。彼女はたまらなく魅力的で、自制心に自信が持てない。「行儀よくしてくれれば、結婚は解消しない」

ゾーイに安堵《あんど》したようすはない。「信じない。あなたの心理戦には引っかからないわ」

「初夜に君がバージンでなくてもかまわなかった」

ゾーイがドアに目を走らせた。「声が大きいわ。披露宴に引きずり出してごみのように捨てるためなら、あなたはなんでも言うつもりなんでしょう」

「この結婚を本気で終わらせたいなら、ここに長老を呼んで、必要な手続きをすませればいい」

ゾーイが片手を突き出した。「そこまでよ」

ナディールは無視し、突き出された手に胸が触れるまで近づいた。「ゾーイ、君は僕の隣で幸せに満ち足りた顔をするんだ」

彼女が陰気に笑った。「ありえないわ」

ナディールは大きく息を吸った。「わかってくれ。前の結婚は君の部族との関係に取り返しのつかない亀裂を生じさせたんだ」

ゾーイがゆっくり手を下ろした。「それで？」

この機に乗じて、さらに近づいた。「長老たちは、いずれジャザールを統治するには僕は西欧的すぎると考えている。だから君をよこした。アメリカ人の花嫁を。彼らの多くが前の結婚での僕の対応を、伝統を軽視する行為の実例とみなしたんだ」

「じゃあ、あなたは現代的な指導者になるのね。彼らも受け入れるわよ。それでいいじゃないの」

「彼らは自分たちの伝統を守るために僕をつぶそうとするだろう」

ゾーイが動きをとめた。慎重に彼をうかがい見て、嘘かどうか判断しようとしている。

「また解消すれば、深刻な対立が生まれる」

彼女が目をそらした。考えこんでいる。僕の言葉について？　それとも僕の失墜を企《たくら》んでいるのか？

「僕のことはいい」静かに続けた。「君が癒やした人たちのことを考えろ。世話した家族や出産を助けた子供たち。僕に逆らえば、彼らはすべてを失う」

ゾーイの目に葛藤が見えた。彼女は部族の中では異端かもしれないが、悪意はない。自分が助けた人々を本気で気にかけているのだ。

「僕を信頼してくれ」感情が胸を締めつけ、声がかすれた。

ゾーイが疑いを払おうとするように頭を振った。

「あなたは前に私との約束を破ったわ。それに、最初の妻を部族に突き返した。それなのに私は無事だと信じろというの？」

彼女に多くを要求しているのはわかる。だが、頼みたいのはこれだけだ。

「しかも部族との対立に勝つつもりだなんて」ゾーイが腕組みをした。「あなたは挫折を味わうかもしれないけど、本当につぶされるのは私よ。あなたを妨害するものなんて実際にはなにもないわ」

「それなら、僕が君をかついでこの部屋から運び出すのを妨害するものもないぞ」自制心を失いそうで、声が震えた。

二人の間の緊張が高まり、視線がぶつかり合った。ナディールは嘘偽りのないことを示すように目をそらさなかった。

突然、ゾーイが彼のそばを通り過ぎた。「それじゃ私に腕を貸して、ナディール。でも、もしあなたが嘘をついていたら、素手であなたを殺すわよ」

安堵感が押し寄せた。ナディールは通り過ぎるゾーイの手首をつかんだ。彼女がぴたりと立ちどまる。激しい脈拍が指先に感じられた。「僕の腕につかまって、そばを離れるな」

ゾーイが小声でなにかつぶやいた。だが、血が大きな音をたてて流れていて聞こえない。曲げた腕に彼女が手をかけた。予想もつかなかったエネルギーが彼女から伝わってきた。

彼女は本当に僕を信じたのか？　それとも、破滅的な夜にしようと企んでいるのだろうか？　わからない。だが、敵か味方かも知らずに戦場に赴きたくない。

ゾーイの手に自分の手をそっと重ねた。「それじゃ僕に従ってくれ」

ゾーイは彼を見もせず、前を向いたまま言った。「私に後悔させないでね」

ナディールの腕につかまりたくない。でも、一人で立っていられそうもない。脚がひどく震え、恐怖で胃がこわばって、体は感覚をなくしている。これでは、逃げろという本能の叫びにも従えない。

召使いがエレベーターのドアを押さえると、体が急に動かなくなった。新鮮な空気を大きく吸いこんだが、筋肉が固まっていて、ナディールにそっと押されたときにはつまずきそうになった。

うつむいてエレベーターに乗りこむと、心臓が早鐘を打ち、肌がほてりだした。エレベーターのドアが閉まると飛びあがった。

「力を抜いて」ナディールが前を向いたまま言った。そう。力を抜いて。それって、処刑人が罪人に斧《おの》を振りおろす前に言う言葉じゃない？

目を閉じて、震える息を吸いこんだ。ナディールを信頼したい。今まで男性を信頼したことはない。彼らは遅かれ早かれ必ず私を失望させた。裏切った。利用した。ナディールだけがどうして違うの？

「ナディール？」腹立たしいことに声がかすれた。

ナディールが階数表示をちらりと見あげた。「最高の演技を見せるときが来たぞ」

到着を告げるチャイムが鳴り、ゾーイはあとずさりした。覚悟ができていないわ！　エレベーターから出る気力があるとは思えない。ナディールが彼女の手をぎゅっと握った。もうあと戻りはできない。

大きく息を吸いこみ、声には出さずに奇跡を祈った。ドアが開くと頭を上げ、上品な笑みを顔に貼りつけてエレベーターを降りた。

狭いロビーは静かで、ほとんど人影もない。招待客の多くは中庭で待っているのだ。外から陽気な音楽と話し声が聞こえる。

「ゾーイ！」従姉《いとこ》のファティマがロビーのわきに立っていた。鮮やかな赤のカフタンを着ている。人目を引きつけるための服装だ。

笑みが凍りついた。意地悪な従姉の相手はしたくない。今はだめ。ファティマがナディールに私を捨てさせる理由を与えるのはお断りよ。

「結婚、おめでとう」

「ありがとう、ファティマ」堅苦しく応じた。従姉が私のために喜んでくれたのは初めてだわ。

ファティマがずるそうな顔をナディールに向けた。

「あなたにもおめでとう、殿下。ゾーイがお気に召して、とてもうれしいわ」

ゾーイは首をかしげた。従姉の言葉には裏がある。これから一撃を加えようとしているに違いない。

「でも、私は驚かないわ」ファティマが打ちとけた口調で言った。目は意地悪そうにきらめいている。「彼女の豊かな男性経験を思えば」

従姉の言葉が鞭《むち》のようにゾーイを打った。苦痛が炎のごとく体を焼いていく。ファティマの憎悪の深さが信じられない。一人の女性が口にしたほんのひと言に、どうしてこれほど人を痛めつける力があるの？

「ファティマ、気をつけろ」ナディールが脅しをこめた低い声で言った。「ゾーイを悪く言うのは、僕を悪く言うのと同じだぞ」

ファティマがそらとぼけて甘ったるい声で言った。「なんのお話かよくわからないわ」まつげをしばたたきながらナディールを観察している。

「それならはっきり言おう」声を荒らげなくても、そこにはぞっとするような響きがあり、ゾーイは身震いした。「ゾーイについて悪意のある噂《うわさ》が立ったら、僕は君のせいだと考える」

ファティマがびくりとし、口をあんぐりと開けた。「そんなのフェアじゃないわ」

ナディールは肩をすくめた。知ったことか。「警告はしたぞ。僕は道理をわきまえた男だが、逆らわれたときには手加減しない」

ゾーイはナディールの腕につかまり、さっさと中庭に向かった。

「ファティマからもう一撃あるかもしれないが、骨抜きにしたから、本当の脅威にはならないだろう」ナディールが小声で言った。

「ありがとう」ゾーイは弱々しく言った。なにをどうすればいいのかわからない。だれかにかばってもらうことなど、久しくなかったのだ。

重ねられた手に力がこもり、ゾーイはナディールを見あげた。彼の表情は冷ややかで、やさしさのかけらもない。「だれも知らないと思ったのに」

ゾーイは身をこわばらせた。とがめられる覚えはない。「だれにも話してないわ。自殺行為だもの」

「だったら恋人が君をちゃんと守らなかったんだな」ナディールが容赦のない率直さで言った。「そして君はあまりに向こう見ずだった」

「今話し合うのはやめない？」パーティのざわめきが大きくなっている。

「いいとも」

二人は中庭でじりじりしながら待っていた招待客に喝采で迎えられた。ゾーイは目を閉じた。消えてなくなりたい。

二人で色あせたペルシア絨毯《じゅうたん》の敷かれた台座まで歩いた。慎重な歓迎ぶりだ。歴史が繰り返されるかどうか見きわめようとしているの？　パニックに胸がどきどきし、花の甘い香りに息がつまりそうだ。

部族がナディールの表情を観察するのを見守る間も、笑顔を崩さなかった。彼らが金銭的な損失以外になにを心配しているのかわからない。この結婚の成否について賭けをしているのは間違いない。夢と将来と自由を失うのは私なのに。

ナディールをちらりと見た。顔からはなにもうかがえない。笑みも怒りもない、生まじめな表情だ。

結婚を解消するつもりなんだわ。恐怖が硬い結晶となって体の内側を引っかく。まっすぐ立っていられそうもない。ペルシア絨毯をにらんだまま、逃げ道を考えた。

音楽が急に鳴りやんで、招待客も黙りこんだ。長老たちが足を引きずるようにして近づいてくる耳慣れた音がし、ゾーイは寒気を通り越して感覚をなくした。ナディールが私を妻と認めるか、お払い箱にするか。それが明らかになるのはもうすぐだ。

長老たちが前に立った。ゾーイは必死に息を継いだ。目の端に黒点がちらついている。ナディールの腕をしっかりとつかんだ。自分を破滅させる力のあるこの男性を信頼するなんて妙だけれど。

ナディールと長老が挨拶を交わす間に、手は氷のように冷たくなった。二人から視線を向けられると、自分が粉々に砕けてしまいそうな気がした。

「妻を紹介します」ナディールが長老に言った。

ゾーイは息がとまった。そのとき、招待客がいっせいに歓声をあげた。私は叔父の冷酷な支配から解放された。

そして今度は、シークのものになったのだ。

7

ゾーイは詮索好きなメイドを下がらせ、最後にもう一度時計を見た。披露宴がすんで、もう何時間もたつ。ナディールは一緒にスイートルームに戻らなかった。部族の長老たちとの秘密会議に呼ばれたのだ。上階に向かう彼女を振り返ろうともしなかった。

私がすべてを賭けて隣に立ったから、もう必要ないんだわ。ゾーイは短いエメラルドグリーンの部屋着の裾を払って、ベッドに向かった。この展開には満足している。疲れているけれど、もうお行儀よくしなくてもいいんだわ。

ベッドに入ってランプを消し、枕に頭を預けて楽になろうとした。昨夜ナディールが与えてくれた喜びは忘れなくては。彼とは安全な距離を保たなくてはならない。彼を信頼したり求めたりすれば、困ったことになるだけよ。

ナディールに与えてほしいのは庇護《ひご》だけ。それで十分。運がよければ、彼は私にかまわないでくれる。床入りをしたのだから、もう妻とかかわる必要はない。今ごろはもう一つのスイートルームにいるわ。

体をまるめ、よりよい明日を夢見ることにした。リラックスできるまで、ずいぶん時間がかかった。うとうとしかけたとき、温かな体から上掛けが持ちあがり、マットレスが沈むのが感じられた。ぐったりしたまま目を開けると、隣にナディールが寝ていた。

血管を熱いものが駆けめぐり、心臓がはねあがった。ナディールと一緒にいると体が活気づくのは気に入らないけれど、この感覚は病みつきになる。

「ここでなにをしているの?」

「ここは僕のベッドだ」

「でも、ゆうべは寝なかったじゃないの」

「ゆうべは君が野獣と結婚する理由を知らなかった」

自信ありげな口ぶりだが、彼がすべてを知っているはずはない。「だったら今は知っているの?」攻撃することで弱みを隠した。「それとも、ようやく妄想から解放されたのかしら?」

「君がこの結婚に同意したのは、叔父の家から出る必要があったからだ。君の……思慮に欠けるロマンチックな関係を知られる前に」

こんなに神経質になっていなかったら、人生最大の過ちをオブラートに包むような言い方にほほえんだかもしれない。「なんでもお見通しなのね。でも、どういう風の吹きまわし? ゆうべは私がバージンでなかったとかんかんだったじゃないの」

「意表をつかれただけだ。だが、この結婚には君がバージンか否かは問題でなかった」

「まあ、進んでいるのね」気取って言い返した。

「ただ、前もって言ってくれてもよかったのに」

「言えるわけないわ」

「ゆうべは、君がほかにもなにか隠していると思った。もっと深刻なことを。だが、君の唯一の不安は家族のもとへ送り返されることだった。その心配はもうない。今夜の君に秘密はもうない」

「ずいぶん寛大なのね。いったいどうしたの？」

「正直なところを知りたいか？」ナディールがゾーイを抱き寄せた。「君から離れていられない」

「からかうのはやめて。ちっともおもしろくないわ」両手で彼のむき出しの胸を押すと、脚が彼の脚に当たった。彼は裸だ。興奮がゾーイを揺さぶった。

「信じないのか？　だったら教えてやろう」

拒絶しなくては。でも、彼に触れられるとなにも考えられなくなってしまう。情熱を呼び覚まされ、目標も夢もつかの間忘れてしまう。

ナディールが唇でゾーイの口をふさいだ。たちまち熱い喜びが押し寄せる。彼の唇に触れられたとたん、抵抗する気力を失い、キスが激しくなるにつれ、彼にすべてをゆだねたくなった。

簡単に屈してはいけない。感情的に距離を取って、心の奥底の恐怖と欲望を見せないようにしなくては。そのほうが安全だ。ナディールにそこまで支配させてはならない。

ゾーイは体を引き離した。「同じベッドで寝る必要はないわ。結婚が成立したんですもの」

「結婚の成立を祝う方法が一つある」ナディールがゾーイを胸に抱き寄せた。彼が発散する熱が感じられる。「それにはベッドが必要だ」

ウエストを両手でしっかりつかまれると、腰を突き出さずにいられなかった。脚がするりと彼の脚にからまり、ナディールが小さく喜びの声をあげた。

「だめよ」すぐに脚をまっすぐに伸ばしてささやいた。「セックスする必要はないわ。結婚は成立したの。もうあと戻りはないわ」

「追加保険と思えばいい」彼の手が背中を愛撫《あいぶ》している。

ゾーイは身をのけぞらせた。胸が突き出され、硬くなった頂が薄いシルクをかすめた。私は彼のお粗末な言いわけを受け入れたがっている。あとひと晩だけ、彼と一緒にいたい。

ナディールがもどかしげに彼女の部屋着のストラップを引っぱり、口元でささやいた。「脱げよ」

ゾーイはためらった。二人の間に障壁が多いほうが都合がいい。

激しく要求してくるナディールのキスが説得に変わった。ゾーイは吐息をついた。「僕には恥ずかしがらなくていい」

恥ずかしさとは関係ない。本能は真っ先に部屋着を脱げと告げていた。でも、そんなにあっさり屈服はしない。彼に支配させはしない。私も彼に対して同じだけの支配力が欲しい。

「君がペースを決めてもいいと言ったら？」

熱いものが体に押し寄せ、ゾーイは唇を噛《か》んだ。

「私が？　私ならいつだって支配権を握れるわ」

「それならなにをためらっているんだ？」ナディールが挑むように言った。

「どうせあなたが奪い取るからよ」それがすべてではないけれど、理由の一つではある。

「やってみろよ」

いくらそうしたくても、してはいけない。ナディールが欲しいけれど、あまり近づけたくはない。でも、あと一度だけなら？　これが最後だと知りながら愛着を深められるわけがないでしょう？　私がペースを決めるのであればなおさらに。

ゾーイはナディールの広い肩からたくましい背中

へ両手をすべらせた。温かな肌の下の力強さが感じられる。腰骨に指先を這《は》わせると、彼の体がぴくぴくした。隠しきれない証拠に、ゾーイはほほえんだ。くすぐったがり屋なのだ。彼に弱点があるのがうれしい。

片手をさらに下ろしていくと、ナディールが手首をしっかりつかんで自分の肩に持っていった。ゾーイは失望してうめき声をあげた。

「私に触れられたくないの？」

「始まってもいないうちに終わらせたくない」彼が肩からストラップを引きおろした。

「朝までは長いわ」ナディールの胸に指先で触れた。彼から支配力を奪うためにはひと晩かかりそうだ。彼に感じるどんな性的な呪縛も抑えられるようになるにはきっと一生かかる。

ナディールが真剣に顔をのぞきこんできて、ゾーイは固唾をのんだ。彼がなにをさがしているのかわからない。暗闇はベールだ。私の目の表情は読めないはず。

すると驚いたことに、ナディールがゾーイを抱き寄せて、ごろりと仰向けになった。ゾーイは狼狽《ろうばい》し、自分の下に横たわる彼を見つめた。

「好きなだけ触れよ」

心臓が激しく打ちだし、肌が熱く張りつめた。彼をさぐり、すべてを味わいたい。でもそんなことをしたら、彼を求める気持ちを、触れずにいられない気持ちを知られてしまう。彼はそれを利用するだろう。

でも、私が先に彼を興奮させれば問題ない。できるかどうかわからないけれど。ゾーイはゆっくりとナディールの脚にまたがり、両手を彼の肩に置いた。

「頭のうしろで手を組んで」静かに命じた。彼の好奇心が感じられた。「じゃまされたくないの」

「じゃまするわけがない」彼が両手を頭の下で組み

ながら言った。目の表情は読めなくても、横柄な笑みなら見える。男の自信が波のように伝わってくる。

その自信を揺さぶりたい。うつむくと、長い髪がナディールの肩に流れ落ちた。鎖骨の中央に舌ですばやく触れる。温かい男性的な味がした。続いて、喉元から顎の切れこみまで舌先を這わせていく。自分の唇をなめながら、思いきって彼の顔を見た。表情はこわばり、歯を食いしばっている。

「やめてほしい?」からかってみた。

ナディールの目がきらめいた。「いいや」ぶっきらぼうな答えだ。

向こう見ずな情熱が血管をめぐった。彼も私以上に弱さを見せたくないのだ。ゾーイは彼の胸をゆっくり撫《な》でてから、舌を這わせたり、歯でじらしたりした。彼の腹部を愛撫すると、息が乱れるのがわかった。手は彼の筋肉が収縮するのを感じていた。

片手でやさしく欲望の証《あかし》の付け根を包みこむと、ナディールの体がびくりとはねた。手を上下に動かし、彼がのけぞるのを見守る。それから口に含むと、彼がつややかな髪に指をからめてきた。

突然、ナディールがゾーイをとめた。抗議する間もなく、ウエストをつかまれた。彼を見おろすと、乱れた髪が顔にかかった。彼は位置を定め、またがったゾーイを下ろしていった。

「私の好きにさせてくれるんじゃなかったの?」

「気が変わった」彼から性的なエネルギーが伝わってくる。

「どうせ続かないと思っていたわ」ゾーイはかすれた声で言った。

腰を沈めていくと、熱いものが全身を駆け抜けた。ナディールはゆっくりとゾーイを満たした。ゾーイは必死に息をつき、腰を動かした。喜びが火花となって散り、欲望が荒れ狂った。

短い部屋着の裾に手をかけ、ゆっくりシルクを持ちあげた。ナディールをじらしたくて、腰をくねらせ、彼の胸が波打つのを楽しむ。シルクをいったん下ろし、改めてさらに引きあげた。ついに脱いでわきに投げ捨てるころには、彼の熱い視線にさらされても、自分が無防備だとは感じなかった。私はセクシーで、彼を揺さぶる力がある。

腰をつかむナディールの手に力がこもった。じらすのもこれまでだ。私を十分楽しませたうえで、主導権を奪おうとしている。ナディールが目に野性の光を浮かべ、荒々しく情熱的なリズムにいざなった。

ナディールが与えてくれる喜びに、ゾーイは圧倒され、まるごとのみこまれた。自制を忘れ、見境もなく彼に従った。自分の体が自分のものではないみたい。一刻も早く解き放たれたがっているけれど、なんとしてもこらえなくては。

この激しい快感に身をゆだねたい。でも、その瞬間が私を変えてしまう。ここで負けたら、最も原始的な形で彼に縛られてしまう。

ナディールが脚の間に手をすべらせ、指先を敏感な場所に押し当てた。白熱した喜びが稲妻さながら全身を貫いた。

ゾーイは大声をあげた。もう反応を隠せない。歓喜の波にのりながら、ナディールが荒々しいクライマックスを迎えたのを感じ取った。

その直後、ゾーイはナディールの上にくずおれた。体はまだ脈打ち、肌には汗が光っている。頭を彼の肩に預けた。彼から下りたほうがいい。でも、もう少しだけ彼と結ばれていたい。

目を固く閉じ、ナディールの不規則な鼓動に耳をすませた。気をつけないと、政略結婚の夫に夢中になってしまう。

そんなことになったら、最大の過ちを犯すことになる。この気持ちを信じてはいけない。なにがあってもジャザールにとどまるつもりはないのだから。

8

窓から陽光が流れこんできた。ナディールは肘をついて顎をのせ、ゾーイの寝姿を見守った。手を枕の下に入れ、脚を引き寄せて、体をまるめている。眠っていても、人を寄せつけないのだ。しかし、ずっとそうだったわけではない。彼女は一人の男に心を許した。信頼に値しない男に。

すぐに僕だけを信頼するようになるだろう。妻に全面的な忠誠と貞節を期待するのは僕の権利だ。彼女に誓いを忘れさせないために、ときには山間《やまあい》まで訪ねていかなくてはなるまい。

王宮には住ませられない。ゾーイはあまりにアメリカ的でシークの妻にふさわしくない。ジャザールの男たちの支持が欲しいなら、彼女を隠さなくては。

ゾーイの頬にかかる髪を払った。彼女のような苛酷な育ち方をした者がこんなにやさしい顔立ちをしているとは驚きだ。

そっと撫《な》でてやりたい。なだめて、心を開かせたい。ゆうべ、彼女は秘めた欲望と情熱を見せてくれた。全面的に僕を信頼してくれたら、二人のセックスはどれほど強烈で狂おしいものになることか。

期待が血管を駆けめぐった。また彼女が欲しい。彼女に対しては満ち足りるということがないのだ。夜の間じゅう、求めていた。眠っていても、触れずにいられなかった。女性をこんなふうに感じたことがあっただろうか。

たっぷり寝かせてやるつもりだったのに、携帯電話の耳慣れた呼び出し音がした。一瞬ためらい、仕事を無視したくなった。外の世界を忘れて、ゾーイとゆっくり朝の喜びを味わいたい。

だが、しつこい呼び出し音があきらめないと告げている。ゾーイを起こさないように、そっとベッドを出た。手早く片づけてベッドに戻ろうと思いながら、裸のまま居間へ向かった。

ローテーブルから携帯電話をつかんで、とげとげしくうなるように応答した。補佐官の話を聞いても、気分はよくならなかった。

「僕がシンガポールで直接処理する。今夜出発できるように手配してくれ」通話を切って、なじみのない落胆と失望と闘った。ジャザールを離れたくない。砂漠を見晴らす窓に目をやった。最近は愛する祖国にいるより海外にいるほうが多い気がする。

「どこかへ行くの？」

ゾーイの声に振り向いた。起き抜けで声がかすれている。彼女は寝室のドアにもたれていた。乱れた長い髪が波打って顔のほとんどを隠し、体にはくしゃくしゃのシーツが巻きつけられている。

「交渉が決裂した。シンガポールへ行く」そう説明しながら、ゾーイの曲線を隠せないシーツに視線を這《は》わせると体が反応した。

「私は？」

視線を彼女の顔に向けた。「君？」

「私はどこへ行くの？　残していけないでしょう」ゾーイがさりげなく髪を目から払った。「ハネムーンを突然打ち切ったら、よく思われないわ」

彼女の心配は理解できる。いくら彼女を妻だと宣言しても、結婚式直後に置き去りにするのはまずい。部族とのもろい関係がよけいあやうくなる。

こっそりオマイラか山間の離宮に行かせるか。部族は二人が別々だとは思わないだろう。ただ、ゾーイにはまだ秘密があるらしい。また逃げようとしたら？　僕は自分で面目をつぶすことになる。

「ハネムーンは終わっていない」彼女のほうへ歩いていった。「君もシンガポールへ行く」

ゾーイがぴたりと動かなくなった。緊張に体がこわばっている。「本当に？」小声で尋ねた。

「もちろんだ」ドア枠にもたれかかって彼女を見おろした。「どうしてきくんだ？」

ゾーイが唇を噛《か》んだ。「出張には妻を同伴しないと言ったから」

確かに。だが、同伴するほうが僕のためだ。この数日でゾーイについて調べたが、彼女の公然たる服従拒否の記録が見つかった。数えきれないほど逃亡を試みたという報告もあった。なにかを求めて逃げるのだとしたら？　あるいはだれか――恋人を？

「ただの出張ではない」ナディールは告げた。「ハネムーンの行き先を変更するんだ」

ゾーイは興奮を隠そうとしている。なぜだろう？旅がことのほか重要なようだ。

「そうすれば僕も君に目配りできる」ナディールは言った。ゾーイが長い巻き毛を耳のうしろにかけた。目から興奮が薄れ、しかめっ面になった。「ベビーシッターはいらないわ」

「それは僕が判断する」ナディールは彼女の喉に手を這わせた。指先が脈を打つ箇所でとまった。「僕が背を向けたとたん、君は逃げ出すような気がしてね」

ゾーイが目を伏せた。「うたぐり深いのね。それはともかく、パスポートがないわ」胸が激しく上下している。「スーツケースもない」

「ささいなことだ」彼は鎖骨を軽く愛撫《あいぶ》した。

「でも、今夜発《た》つんでしょう」ゾーイが指摘した。

「そんなことは補佐官が心配すればいい」ナディールはゆるく巻きつけられたシーツの端を引っぱって床に落とした。「出かける前にやることはたくさんある」そう言いながら彼女の体を眺めまわした。

「その第一がベッドに戻ることだ」

腕をまわして抱きあげると、ゾーイは抵抗しなかった。ナディールの腰に脚をからめ、彼の髪に手を差し入れてキスしてきた。

夢中でベッドへ急ぎながら、思い知った。ハネムーンの行き先変更は部族の思惑とは関係ない。もうしばらくゾーイと一緒にいたいのだ。信じられないほどすばらしいセックスのためだけではない。この調子で、ハネムーンが終わるまでに彼女から全面的な信頼を勝ち取ってやろう。

黒のセダンがエンジン音を快調に響かせ、贅沢《ぜいたく》な自家用ジェット機から一メートルほど手前でとまった。ゾーイは目を閉じて平静を保とうとした。冷静にふるまわないと、勘づかれてしまう。あと一歩で逃げられそうなときに、失敗は許されない。

目を開け、ナディールの手を借りて車を降りた。ジャザールを出られるのが信じられない。永遠に離れられるのが。そんな瞬間が来ると思えなかったときもあった。でも今、こうして出国しようとしている。ほっとすべきだ。心配がなくなったと。ゆっくり息を吐き、赤い絨毯《じゅうたん》の上を歩いた。自分の気持ちがよくわからない。興奮、驚嘆、恐怖……。

砂漠の風が髪や流行の服をなびかせた。はき慣れないハイヒールは妙な感じだ。すり切れた古着もサイズの合わないサンダルもさようなら。私は過去を捨てて、夢を追いかけようとしている。

タラップの手すりをしっかりつかんで、ジェット機のドアに向かった。あともう何歩かで……。不安に胸がつまった。最後の瞬間に、ナディールの気が変わったら？　もし離陸が遅れたら？

定刻どおり離陸しても、まだ成功とは言えない。シンガポールはテキサスのヒューストンからはるか遠い。新しいパスポートは手元にない。ナディールの補佐官が保管している。

でも今、そのことは考えない。こんなに目標に近づいたのだから。私はすばらしい人生を築いて、ひとかどの人間になる。ナディールの性的な魅力に気を散らされてはいけない。

ドアまで来ると、上品にほほえむ客室乗務員に迎えられた。中に入ろうとして、足が動かなくなった。なにかに引っぱられるようにして振り向き、ジャザールの砂漠を改めて眺めた。

今まで暮らしてきた村の方角を見つめた。遠くて見えないのに、あそこはこれからもずっと自分の一部だという感慨に打たれた。新しい世界、新しい人生は、捨てていく人生よりよいものになるかしら？

「美しいだろう？」ナディールが隣で言った。ちらりと目をやると、雄大な砂丘を見ていた。「世界じゅうを見てきたが、ここにまさる場所はないよ」

ゾーイは唇を引き結んだ。異議を唱えるつもりはないけれど、どうしたらナディールと同じ気持ちになれるかしら？　私にとっての監獄を愛する人とどうしたら家族になれるの？　彼にはいい思い出があって、砂漠の王国に愛着があるかもしれない。でも、私はここで自分に起きたことをすべて忘れたい。こんな場所は存在しなかったと思いたいくらい。

くるりと向きを変えて機内に入り、こぎれいでモダンな内装を見つめた。豪奢《ごうしゃ》な住まいに足を踏み入れたようだ。クリーム色の革の座席は究極の快適性を約束し、ペールグリーンのソファはアルコールを手にくつろいでおしゃべりしたらと手招きしている。ビジネススーツの男たちがノートパソコンをたたき、携帯電話で静かに話しているのにも驚いた。

「商談にかかわっている部下だ」ナディールが客室乗務員に挨拶してから言った。「あとで紹介する」

ゾーイはうなずいて、後方へ向かった。いちばん静かな隅に行くのは癖かもしれないが、勤勉なチームのじゃまはしたくない。シートベルトを締め、バッグから電子書籍リーダーを取り出した。

新しい小説を早く読みたいとスイッチを入れたものの、どうしても窓の外を見たくなった。太陽が沈みだすと目が釘《くぎ》づけになり、空に広がる鮮やかな光線に見入った。すると、ナディールが隣に座った。

「どうしてこんなうしろに座った？」

「仕事のじゃまをしたくなくて」ジェット機が動きだすのが感じられ、シートベルトを締めるナディールを見た。「心配しなくていいわ。リーダーがあるから」

ジェット機が速度を上げた。さあ、いよいよだ。私はジャザールを出る。心臓が激しく胸を打ち、両手でシートベルトを握り締めた。

「飛行機は嫌いか？」ナディールが指をからめてきた。

違うわ。六年間、計画し、祈ってきて、ついにジャザールを出られるのが信じられないほどすてきに思えるのよ。ジェット機が離陸すると、目を閉じた。

感動が喉にこみあげる。私は自由。ナディールの手をしっかりつかんだ。私はとうとう自由になったわ。懸命に平静を保った。私にとって今夜がどんなに大切か、知られたくない。ゆっくりと目を開け、窓の外を見やった。胸のつかえが消え、そっと息を吐いた。太陽が砂丘に照り映えている。

「さっきからずっと見ているな」ナディールが考えこんだ。「もうホームシックか？」

六年間、ホームシックだった。切望があまりに強く深くて窒息しそうだった。「私はジャザールにあなたのような愛着はないの」かすれ声で言って、手を離した。「私が有力なシークなら、支配する国にホームシックを感じるかもしれないけれど」

「君はもうシークの妻だ。考えも変わるさ」

それはない。どんなに金ぴかだとしても、檻《おり》は檻だ。「相当旅をしないと恋しくはならないわ」

「この旅行をむだにしないことだ」ナディールが柔

らかな革の座席に頭を預けた。「ハネムーンが終われば、出張のほとんどを代理人にまかせる」

心臓が飛びはねた。「本当に？　どうして？」

「ジャザールの将来のためにやっていることには、時間も配慮も必要だ。だから僕は国にいないと」

ゾーイは窓からもう一度砂漠を見た。ショックが胸に広がった。彼が世界じゅうを飛びまわる生活をやめるとは思わなかった。私はちょうどいい時期に結婚したんだわ。彼が出張を減らすつもりなら、逃亡のチャンスは今回一度だけ。

「僕の決心に驚いたのか？　なぜだ？　僕はジャザールに責任があるんだ」

「それは……」無表情を装って、彼に向き直った。

「あなたが出不精の男性には見えないから」

「そうか？」ナディールの瞳がおもしろがるように輝いた。「だったら、僕はどんな男だ？」

ゾーイは顔をしかめた。罠《わな》にかかってしまったみたい。洗練された魅力的な男性だなんて言いたくない。私を簡単に誘惑できる官能的な男性だなんて。

ナディールがほほえみ、ゾーイの鼓動は乱れた。息をのむほどすてきな顔から目が離せない。厳しい表情と深いしわがやわらぐと、印象ががらりと変わる。もっとしょっちゅう笑ってくれればいいのに。

「君の目は表情豊かだな」

顔が真っ赤になった。ゾーイは目を閉じたいのをこらえた。「私の考えがわかるわけないわ」

彼が心得顔でにやりとした。「二人きりなら」低いしゃがれ声で言う。「君の願いをかなえて、今すぐ誘惑するんだが」

その言葉に、ゾーイは飛びあがった。下腹部が温かくうずいてよじれた。彼がかけた呪縛を解きたい。あせってあたりを見まわすと、ナディールの部下の一人がそばをうろついていた。

うつむいてリーダーをにらんだが、画面に集中できない。「あっちで用があるでしょう?」

「僕ならここで用がある」ナディールが彼女の手首に親指で触れた。不規則な脈拍を知られてしまう。

ゾーイは咳払《せき》いをした。「期待して待てばもっと甘くなると聞いたことはない?」

「君は甘くならない」親指でゾーイの手首の内側に円を描きながら、ナディールがささやいた。「君はもっと厄介に、刺激的に――」

ゾーイはすばやく頭をめぐらせて、彼の目を見た。

「強い女の扱い方がわからないなら……」

「それならわかる」ナディールはゾーイのこわばった手を持ちあげ、指の関節に唇を触れた。「ホテルで二人になれば、君も気づく」そして手を放した。

「だが、今は仕事だ」

ナディールが離れると、生き生きしたエネルギーは消えた。彼が部下に近づくのを見守りながら、シートに沈みこみたくなった。私はなにをしているの? ジャザールを離れれば、奔放さを取り戻せると思ったの? 彼は有力者、恐るべきシークなのよ。

しかも大胆で奔放な恋人でもある。熱い記憶があふれて心をかき乱した。ゆうべ、彼は何度も私を抱いて……。

大変! パニックに襲われ、肘掛けをつかんだ。ゆうべは避妊しなかった。一度も。どうして今まで気がつかなかったの? 部族の女性たちに計画出産を教えてきて、分別はあるはずなのに!

麻痺《まひ》した頭であわてて日付を計算した。もう一度。妊娠可能日ではない。でも、危険はある。

窓の外を見た。不安が肩にのしかかった。砂漠がちらりと見えたのを最後に、視界は雲におおわれた。

胃がよじれるのを感じ、口を手で押さえた。私をジャザールに閉じこめるものが一つだけある。ナディールの子を宿すことだ。

9

シンガポールは予想と違っていた。ゾーイはナディールと一緒にホテルの専用エレベーターに乗った。熱帯の花の香りがむしむしした大気に立ちこめているると思っていた。若々しく生気にあふれた雰囲気とはじけるような明るい色に迎えられると。

ドアが音もなく開くと、最上階のスイートルームのエントランスが現れた。黒っぽい木格子の壁が大きな窓のわきを固めている。窓からはスカイラインのすばらしい夜景が見える。中央には巨大な円テーブル。その真ん中に、真紅の蘭《らん》を一見シンプルに生けた細長いガラスの花瓶が置かれていた。

暗い空を突き刺すように稲妻が走って、すさまじい風雨を照らした。耳を聾《ろう》する雷鳴が頭上でとどろき、ゾーイは縮みあがった。ナディールがその背中にしっかり手を当て、一緒にエレベーターを降りた。

スイートルームづきの執事が待っていた。正装をした年配の男性だ。礼儀正しく深く頭を下げて出迎えると、豪華な応接室へ案内した。

執事？　ゾーイはうしろを歩きながら唇を嚙《か》んだ。ナディールの手が我が物顔に腰に当てられているのが意識される。スイートルームに召使いが待機しているとは思わなかった。これではこっそり抜け出すのはむずかしい。

空にまた稲妻が走り、雷鳴を覚悟した。すぐに不穏なとどろきが聞こえ、ついナディールに寄り添った。

「嵐はすぐにおさまる」ナディールが腰に当てた手に力をこめてささやいた。「長くは続かないよ」

本当かしら。風は荒れ狂い、雨は窓に打ちつけている。これまでは人前で絶対に弱さを見せないようにしてきた。臆病になった瞬間をナディールに見られたのは恥ずかしいけれど、からかわないでくれるのはありがたい。

執事が紅茶を運んできた。華奢《きゃしゃ》な磁器のカップを取っても、手が震えないのがうれしい。ナディールのそばから離れ、光沢のある黒いソファに座った。

平静を取り戻さなくては。テキサスにいたころ、何度も雷雨を経験した。でも、あれはもうずいぶん昔のことだ。

ほかのすべてに加えて勇気までなくしていなければいいけれど。自由のためのチャンスをつかむつもりなら、今こそ勇気が必要なのだから。

執事が立ち去ったところで、稲妻がまた部屋に不気味な光を走らせた。ゾーイはローテーブルにカップを慎重に置いた。その直後、雷鳴がとどろいた。ぴりぴりするような緊張を感じ、背筋を伸ばした。

ナディールと二人きり。思わず彼を見た。彼は一心にこちらを見ている。むき出しの欲望を浮かべた目を見ると、期待に体が震えた。

唇を噛んで、視線を引き離した。彼をかわさなくては。妊娠の危険は冒せない。目標に少しずつ近づいているのだから。

本当はナディールを避けたくない。それならば、これ以上彼と親密になる前に計画を進めなくては。

「みんながオフィスで待っている」ナディールが落胆をにじませて言った。

「私ならなにかして時間をつぶすわ」ゾーイはきびきびと応じてソファから立ちあがった。彼には出ていってもらいたい。でも、同じくらいそばにいてほしい気持ちもある。

「その必要はないよ」ナディールは袖をさっと動かして、腕時計を見た。「あと数分でアシスタントが来て、君の予定を検討する」

「アシスタント？」どうして私に？　ひょっとしてベビーシッター？「ちょっと待って。私に予定があるの？」

「そうだ」ナディールがカップを置いた。「レハナが君をショッピングやスパや観光に連れていく」

やっぱり。アシスタントとはまさしくベビーシッター、世話役だ。計画がだいなしになる。急いで頭を働かせ、彼に疑われないように追い払わなくては。

ゾーイはゆっくりとナディールに近づいた。「配慮が行き届いているのね。でも――」

「それに、午後にはアラビア語の家庭教師が来る」

思わずつまずいて立ちどまった。「私のため？」

「そうすると言っただろう」ナディールが眉をひそめた。「なにを驚いているんだ？」

「その……」彼はきっと約束を忘れると、失望を覚悟していたのだ。「一族の男性のほとんどが女性の教育に反対だから」

ナディールが眉をつりあげた。「僕も君の叔父さんと同じだと思ったのか？」

「まさか！　もちろん違うわ」それだけは言うまいと思ったのに、ナディールは私の心を読んでいた。「家庭教師なんてすてきな驚きよ。ありがとう」そして、ナディールの頬に軽く唇で触れた。顎の筋肉がこわばるのがわかり、緊張が伝わってきた。彼は自制心を総動員してこらえている。感謝の意思表示をしたのは間違いだった。キス一つでも、ベッドに誘うには十分なのだ。

「行かないと」ナディールがゾーイの唇を見つめたままぶっきらぼうに言った。「必要なものがあれば執事に言うといい。ずっとここにいるから」

これでは、出かけようとすれば、取り巻きがごっそりついてきてしまう。「ナディール、私のためにいろいろしてくれて感謝するけど、そんな必要はないわ。一人で探検するのが楽しみなの」

ナディールが疑わしげに目を細めた。「単独行動はだめだ」

ゾーイは両手を組んで癇癪《かんしやく》をこらえた。どうしてそんなことを言われなければならないの？　私は有能な女よ。「ここは英語が通じるわ。一人でも平気よ」

ナディールが首を振った。「君にはガイドと運転手が必ず同行する」

ゾーイは組んだ指に力をこめ、頭をフル回転させた。監視されながら、どうすればアメリカ大使館をさがしたり、テキサス行きの便に飛び乗ったりできる？

手を伸ばして、ナディールのがっしりした顎に添えた。彼の目が欲望に陰るのを見るのは楽しい。これが彼に触れる最後の機会。彼が部屋を出たら、私は彼の人生から消える。

「ハネムーン中に私を一人にしてもうしろめたく感じることはないわ」ゾーイは真顔で言った。「自分の面倒を見るのは慣れているから」

「そして君の家族は、一人になった君がトラブルを起こすのに慣れていた」ナディールがゾーイのてのひらの真ん中にキスした。

明け方の空にまた稲妻がぎざぎざに走った。ナディールの表情豊かな顔を光がよぎるのを見て、ゾーイは息がとまった。彼が荒々しく危険に見えた。そしてセクシーに。

肌がほてり、彼の唇が触れた手はひりひりする。もっと感じたい。もっと彼を。

シンガポールに着いてわずか数分で逃げるのは得策でないかもしれない。二人の間で熱い緊張が高まる間、ゾーイはナディールから目が離せなかった。まずシンガポールに慣れてから、戦略を立てるべきかも。

ナディールが携帯電話を取り出してボタンをたた

いた。「レハナか？　計画変更だ。今日は来なくていい」ゾーイの手首の内側に唇を押し当てて続ける。「それから、僕はオフィスに出るのが二、三時間遅れる」

「オフィスに行かないの？」ゾーイは彼が通話を切るのを見守った。「重大な交渉があるんじゃなかった？　そのためにシンガポールに来たんでしょう」ナディールが携帯電話をテーブルにほうり投げた。

「職権はゆだねた。もっと大事な仕事がある」

ゾーイは眉をひそめた。「どんな仕事？」

彼が口元をゆがめてにやりとした。「妻と一緒に朝を過ごすこと」

ゾーイは目をぱちくりさせた。彼の口からそんな言葉が出るなんて。彼も私と一緒にいたいんだわ。熱い興奮が押し寄せた。「無理しなくていいのよ」

「僕がそうしたいんだ」黒い瞳がきらめく。「それに君も望んでいる」

彼の気を引きたくて、私がごねていると思ったの？　なんて傲慢なの！　しばらく一人になりたいだけなのに。「そんなことは言っていないわ」

「言う必要はないさ」ナディールが手を重ね、指をからめてきた。

その瞬間、一緒にいたいと思った。一緒の時間を過ごしたい。うわべだけでも新婚のようにふるまいたい。たとえ恋愛結婚ではなく政略結婚でも。

「私の予定をキャンセルしてと頼んだら？」期待をこめて尋ねた。

「午前中の分だけなら」彼が妥協し、こめかみに唇を押し当てた。「だが、家庭教師には会ってもらう」

ゾーイは顔をしかめた。「これはハネムーンよ。拷問じゃないわ。ジャザール語を話せるようになるのだって、死ぬほど時間がかかったのよ」

「読めるようにならないと」ナディールが今度は頬にキスをした。「そうしないと、赤ん坊にお休み前の読み聞かせができないじゃないか」

「赤ん坊？」心臓がどきんと打った。そんな考え、いったいどこから出てきたの？

「そう、赤ん坊だ」すらすらと答えながらも、自分でも驚いているらしい。「二人以上欲しい」

当然だ。彼は王位継承者なのだから。考えるべきだったわ！「子供のことなんて一度も話し合っていないのに」今こそ、子供を産む覚悟はできていないと告げなくては。

「話し合うことなんてあるのか？」

「ええ、いくらでも」めまいがする。ナディールが耳たぶに軽く歯を立てた。肌の下で熱いものがはじけ、体が震えた。なにもかも忘れて、喜びに身をまかせたい。

愛に満ちた確かな関係でなければ、妊娠したくない。安全と自由を感じないうちは、子供を世に送り出すつもりはない。でも、そんなことは言えない。

「僕には世継ぎが必要だ」ナディールが穏やかに言った。「ジャザール国民は待っている。このぶんなら九カ月後に息子が生まれる望みもあるな」

「ジャザール国民は急がないわよ」

「僕は？　君が僕の子を身ごもっていると思いたい」かすれた声からは男の満足感が聞き取れる。

彼の言葉を深読みしてはいけない。妊娠した妻は、シークの権力と生殖能力の象徴だ。彼の私に対する気持ちとは関係ない。

「私にあなたの子を産ませたいの？　この私に？」私はよきジャザール人の花嫁の条件をまったく満たしていない。そんな私がどうしてよきジャザール人の母になれるの？

「君はシークの妻、僕のただ一人の妻だ。世継ぎを産めるのは君だけじゃないか」

それが私の資格なわけね。ゾーイは必死に考えをまとめた。「ナディール、私はまだ子供を持つ覚悟ができていないの」

彼がぴたりと動きをとめ、ゆっくりと頭を上げた。

「なにを言っているんだ？」

「避妊すべきだわ」慎重に口にしたが、彼の目は見られない。「私がするわ。今日病院に行ってくる」「僕
長い間があき、ナディールが一歩下がった。「僕の子供が欲しくないのか？」

ゾーイはたじろいだ。「そうは言っていないわ。私は――」

「僕の子供を今は欲しくない」低い控えめな口調だ。状況を悪くしてしまった。説明しなくては。でも、夢について話すのはためらわれる。今までだれにも話したことはない。家族に妨害されないためには秘密にするしかなかったのだ。

でも、彼は少しもジャザール人らしくない。私にとって夢が大切な理由を知れば、じゃまはしないだろう。むしろ支持してくれるかもしれない。

「あなたは知らないでしょうけど、私には夢があるの」鼓動が速くなるのを感じながら、うつむいた。「家族を持つ前に、やり遂げたいことが」

「どんな夢だ？」

勇気を出してナディールをちらりと見た。本気で興味を持っているらしい。いや、それ以上だ。希望に胸がふくらんだ。私が自分のことを打ち明けるのを喜んでいる。ゾーイはそわそわと唇を舌で湿した。

「教育を受けたいの」

「それなら僕も望んでいる」彼が肩をすくめた。

「問題ない。アラビア語の習得が手始めだ」

「基礎教育だけではないの」感情が高ぶり、言葉が口をついて出た。「医者になりたいのよ」

「医者？」ナディールはぼんやりと繰り返した。僕はなにを始めてしまったんだ？　なぜ赤ん坊のことなど持ち出したのだろう？　確かにゾーイが僕の子を身ごもるという考えに夢中になっていた。とりわ

け昨日、勇気と忠誠心を見せてもらってからは。

それに、今しがた彼女がついに心を開いてくれたことがうれしかった。僕への信頼のしるしだ。しかし、彼女の夢は拒まなくてはならない。

「正直言って、医者になる能力が私にあるかどうかわからない」手ぶりを交えて話すゾーイの顔は意気込みに輝いている。「でも、私は両親の仕事を継ぎたいの」

ナディールは内臓がよじれるような気がした。彼女にこんな野心的な計画があるとは思わなかった。彼女の新しい役割とは相いれない計画だ。

「だめだ」

穏やかな声でも、ゾーイには鞭打《むち》ちと同じだった。目を見開き、動きをとめた。「だめ?」

「宮殿の外で仕事を持つことは事実上無理だ。僕はジャザールをできるだけ近代化するつもりだが、働くシークの妻というのは国民に理解されない」

「国民も慣れるわよ」ゾーイが断言した。

ナディールは首を振った。「長老たちは今でも僕が西洋的すぎると考えている。仕事への野心を抱くアメリカ人の妻は絶好の攻撃材料になるだろう」

ゾーイが力なく手を下ろした。「なるほど。アメリカ人の妻を手なずけてみせる必要があるのね」

そこまで露骨な言い方はしないが、図星だ。すべての部族の長《おさ》に、国を近代化しても、伝来の文化は尊ぶことを示さなくてはならない。「僕には伝統を尊重する妻が必要だ。ジャザールのあらゆる価値観を象徴する女性が」

「美しく、上品で、従順」ゾーイはうんざりして吐き出すように言った。「医者になることもシークの妻としての役割に含まれるとは思わない?」

「いいや。シークの妻の役割は夫を支えることだ。それに優先されるものはない」

ゾーイの目にやり場のない怒りが浮かんだ。覚悟はできているらしい。夢のために僕と闘う気だ。僕を敵とみなしているのは間違いない。

ため息をこらえた。僕が彼女を守ろうとしていることは絶対にわからないだろう。王宮の厳格な職員たちは、彼女の一挙手一投足にけちをつけるだけではすまない。職員の女性観は時代遅れだ。彼らはゾーイを従順にしておくためにその心意気をつぶしにかかる。

彼女は夢に執着してはいけない。喧嘩《けんか》の相手は慎重に選ばなくては。

シークの妻になるためにはどんな犠牲を払うことになるか、家族はなぜ警告しなかったのだろう？　どうでもよかったのかもしれない。彼らの関心は、花嫁の値段と王族との姻戚関係だけだったのだ。

ゾーイは僕と結婚すべきでなかった。彼女は王家の花嫁の条件をなに一つ満たしていない。僕と添い遂げるために恋人をあきらめたばかりか、追うことを許されない将来の夢を持っている。説得にはてこずりそうだ。

ナディールは腕を組み、両足を踏ん張った。「ゾーイ、シークの妻にはできないことがある。残念ながら医者の仕事は王族の行動規範に触れる。医療団体の後援者や主催者にはなれるが、医者として働くことはできない」

ゾーイはいらだたしげに目を細め、セクシーな唇を引き結んだ。「部族の女性の世話をすることで、私はなんとか生きてこられたのよ」

「今の君には新しい国民と新しい役割がある」

彼女が目を閉じて、鋭く息を吐いた。「そんなのフェアじゃないわ。私は王女にもシークの妻にもなりたくなかった。ずっと医者になりたかったのよ」

「だが、君はもう選択してしまったんだ、ゾーイ」

「私が選択したわけじゃないわ」ゾーイが苦々しく言った。「決められてしまったのよ」

「僕は考えを変えるつもりはない。この話はこれまでだ」穏やかな口調だが、最後通告だった。

ゾーイは両手を拳に握り、顎を突き出した。胸がつぶれそうな失望を彼に見せるつもりはなかった。そうでなければ自分を守れない。だからこそ夢を秘密にしてきた。彼が味方だなんてどうして思ったのかしら？　彼の進歩的な考え方のせい？　それともベッドでのすばらしいテクニックを本物の思いやりと勘違いしたの？　彼は思いやりのある夫を装うことができる。でも、私のことを交換できるアクセサリーとしかみなしていない。

もっとしたたかに、ずる賢く闘わなければ。秘密をばらしてしまえば、それを攻撃に利用されかねない。ゾーイはゆっくりと拳を開き、懸命に平静を保った。どうしてわざわざ闘うの？　いずれ私は彼を置いてテキサスに帰るのよ。彼は彼で勝手に私の計画を立てればいい。それを実行するときに私はいないわ。

「わかったわ」目は挑戦的にぎらついているはずだから、ナディールを見るわけにはいかない。あっさり降伏したことに、彼が驚き、疑っているのが感じられる。「それでも避妊のために病院へは行くつもりよ」そう言うと背を向け、ドア口へ向かった。

「まだ僕の子は欲しくないのか？」ナディールがもの憂げに尋ねた。

「ハネムーンをもう少し引き延ばしたいのかも」ゾーイは肩越しに皮肉っぽく答えた。

「それなら、結婚一周年まで子作りはやめよう」

ゾーイはくるりと向き直った。ナディールが希望を聞いてくれたことにびっくりしていた。なにを企《たくら》んでいるのかしら？　彼の表情をしげしげと見たが、裏はなさそうだ。「本気なの？」

ナディールがゆっくりと近づいてきた。「だが、君はもう妊娠しているかもしれない」

ゾーイは首を振った。「生理日から考えてそれはないと思うけど、今日医者に確認してもらうわ」

「よし」彼がゾーイの肘を支えた。「医療団体についての話は本気だ。君は医者にならなくても立派な仕事ができる」

ゾーイはナディールの手を見つめ、すばやくうなずいた。口を開いたらなにを言ってしまうかわからない。彼は自分を寛大だと思っている。自分の申し出が小さな檻《おり》からほんの少し大きい檻への移動にすぎないことを理解していない。

ナディールから必要な支援を得ることはできないだろう。彼の愛撫のとりこになっていることも、彼のことをだれより身近に感じていることも重要ではない。彼から離れなければ、私はまたすべてを失ってしまう。

10

翌日、アシスタントと別れてスイートルームに入ると、顔から礼儀正しいほほえみが消えた。エレベーターのドアが閉まったとたん、安堵《あんど》のあまり肩を落とした。

「彼女のせいで頭がおかしくなっちゃう」独り言を言うと、足音がして、執事が近づいてきた。片時も一人にさせてくれないの？　ここから消えるためには一分あればいい。ほんの一分。それも贅沢《ぜいたく》なの？

「妃殿下」執事はお辞儀をすると、ゾーイの荷物を受け取った。「シークは応接室においでです」

驚いて、腕時計に目をやった。慈善パーティまではまだ十分時間がある。なぜナディールがいるの？　いえ、今回は私がどんな規則を破ったために早く帰ってきたのかと考えるべきかしら。

毅然《きぜん》として応接室に入っていった。スパと美容院に一日かけたおかげで、頭のてっぺんから足の先まで洗練された王女に見えるはずだ。

ナディールがソファに長々と寝ているのを見て、足がとまった。ジャケットを脱ぎ捨て、ネクタイをゆるめている。ソファのそばの絨毯《じゅうたん》にはウイスキーのタンブラーが置かれ、彼は目を閉じている。

今よ。心が叫んだ。今こそ千載一遇のチャンス。こんなに無防備なナディールは二度と見られない。逃げるのよ！　エレベーターに向かって走りだそうとして、彼の顔をしげしげと見た。疲れきったようすで青ざめ、しわが深くなっている。病気かしら。

決心がつかず、口元を引き締めた。とどまるか、逃げるか。拳を握って、ため息をついた。もしナディールの具合が悪いなら、そばにいなければ。逃げるチャンスはまだある。うまくいけば、たぶん。

「なにか用か？」ナディールが尋ねた。体は動いていないし、目も閉じたままだ。

ゾーイはうつむいた。部屋に入った瞬間から気づかれていたのだ。ナディールの目からは逃れられない。ゆっくりとソファに近づいた。彼を見おろすのは妙な感じだった。「大丈夫？」額に手を当てると、冷たかった。

ナディールは目も開けずに、ゾーイの手首をしっかりつかんだ。「大丈夫だ。交渉の次の一手を考えていた」

「そうなの？　テキサスならうたた寝って言われるわよ」手を引いたが、彼は放そうとしない。「慈善パーティの支度をするわ」

「手づまりなんだ」彼が疲れたように打ち明けた。「僕の条件をのませられない。なぜかわかるか？」

ゾーイは部屋を見まわした。私に向かって話しているの？　ジャザールの男性が女性とビジネスの話をしないのはだれでも知っている。「わからないけど……」ためらいがちに答えて、うわごとの徴候はないかとさぐった。

「僕も国王と同じ古くさい考えの持ち主だと思われている。僕の統治になってもなにも変わらないと、だれもジャザールに投資しようとしない」ナディールが突然目を開けてゾーイを見つめた。「君は僕が現代的な男だと思うか？」

手首をしっかりつかむ彼の手が意識された。嘘《うそ》をついてもいいが、彼は本気で答えを知りたがっている。「いいえ」

ナディールが目を細くした。「いいえ？」

もう一度手を引っぱったが、やはり放してもらえない。嘘をつくべきだったのかもしれない。「ほかのジャザールの男性よりは建設的だと思うけど、ほかの国の男性に比べれば、それほど現代的とは言えないわ」

ナディールがゾーイを見つめた。部屋に重苦しい静寂が流れた。彼がゆっくりと手を放し、冷淡に言った。「正直な意見をありがとう」

ゾーイは手を引っこめた。「あなたを侮辱するつもりはなかったの」

「ああ」ナディールが起きあがり、腿に肘をついた。

彼を傷つけてしまった気がして、コーヒーテーブルの端に腰を下ろした。「どんな会社と交渉しているの？　そんなに現代的な会社なの？」

「テレコム会社だ。僕の目標は、ジャザールでだれでも利用できるようにすることだ」

「本当に？」驚きにのけぞった。ナディールは当初思ったよりずっと国民のニーズを認識している。彼の目標は遠隔地にプラス効果をもたらす。それに、すべての人に情報が即座に伝えられれば、部族の階層制を作り直せる。ゾーイはその可能性を思ってほほえんだ。「だったら、なにが問題なの？」

ナディールが豊かな黒髪に両手をすべらせた。

「会社のオーナーが社会意識の強い未亡人なんだ」

「まあ」ジャザールは女性の権利を守ることで知られているわけではない。「その未亡人との直接交渉なの？」

「いや」彼の声がこわばった。下っ端を相手にしていることがプライドへの痛撃になっているようだ。

「ただ、交渉には深くかかわっている」

では、どうすれば彼の現代的な取り組みを証明できる？　彼の言動はすべて先入観で判断されてしまう。でも、もし……。

「彼女は慈善パーティに出席するの？」

ナディールがいぶかしげにゾーイを見た。「ああ、彼女の会社の主催だ」

ゾーイは両手をこすり合わせ、計画を練った。

「それじゃ、秘密兵器の出番だわ」

悪い知らせに身構えるように、ナディールが頭を上げた。「秘密兵器……？」

ゾーイは両腕を広げた。「私よ」

彼が信じられないと言いたげにゾーイを見つめた。

「君？」

「そう、私。どこから見ても現代的なアメリカ人の花嫁」ゾーイは肩を揺すった。「ほら、私なら彼らの先入観をたたきつぶせるじゃないの」

ナディールがうめいて、両手で目をおおった。

「君はまだジャザールの代表とは言えない」

「国民に対しては無理かもしれない。でも、外国に対してなら、進歩しつつある新しいジャザールの象徴になれるんじゃない？」

ナディールはソファにもたれ、ゾーイをじっくり観察した。真剣に考えているようだ。スパと美容院で時間を費やしてきてよかった。

彼の視線が険しくなった。「なにを企《たくら》んでいる？」

　ゾーイは眉をひそめて、広げた腕を下ろした。

「なにも」

　そんなはずはないとばかりに、ナディールがかぶりを振った。「なぜ急に僕を助けることにした？」

　いい質問だ。この男性は私の一番の願いを奪った。私の人生と将来に対して生殺与奪の力がある。妨害するのが筋だけれど、そうする気になれない。「なにかいいことがしたいんじゃないかしら」

　ナディールが眉を上げた。

　ゾーイは彼をにらみつけた。「だれにでもあることよ」

「ただ、君は曲者《くせもの》だ」彼がゾーイに向けて指を振った。「いきなり国際的な問題を起こしかねない」

　ゾーイは胸の前で腕を組んだ。「手伝ってほしいの、ほしくないの？」

「わかった、ゾーイ、新しいジャザールの象徴になってくれ」ナディールがしぶしぶ受け入れた。「ただ、君がやりすぎたら……」

「まかせて、ナディール」ゾーイは立ちあがった。

「明日には、私を見る目が変わっているわ」

　オーケストラがトランペットの華麗な吹奏で演奏を終えるのを聞きながら、ナディールは慈善パーティの会場を出た。ゾーイの手をしっかり握り、待っているリムジンに向かって階段を下りていく。

「明日お会いするのを楽しみにしています」テレコム会社の副社長ミスター・リーに言うと、ゾーイから意気揚々とした雰囲気が伝わっていた。警告するようにその手をぎゅっと握った。

「きっと双方が満足できる条件で合意できると思いますよ」ミスター・リーが言った。「週の後半には、ミセス・タンは契約を祝してご夫妻を自宅にお招きするでしょう」

「必ずうかがいますわ」ゾーイが答えた。

ナディールはゾーイがリムジンに乗りこむのに手を貸した。また彼女に驚かされる前にさっさと走り去りたかったが、ミスター・リーに挨拶し、悠然とリムジンに乗った。車が縁石を離れると、吐息をついた。パーティがスリリングだと思ったことはないが、今夜は妻のおかげでジェットコースターに乗っているかのようだった。

「うまくいったわね」ゾーイが革のシートに頭をもたせかけた。「もっといたかったわ」

「なぜ？　勝利のダンスでも踊りたかったか？」

ゾーイが笑った。あけっぴろげな笑いだ。まるで王女らしくない。このシークの妻は外交儀礼などなにも知らないが、そんなことは問題ではなかった。

彼女は自分が意識の高い現代女性だと証明してみせた。新しいタイプの王族だと。

「あなたの秘密兵器だと言ったのに、信じなかったでしょう？　それでも好きにさせてくれたのは、あなたには失うものがなかったからだわ」

図星だった。交渉のテーブルに戻ることはもうほとんどあきらめていた。だが、ゾーイは二人を現代的なカップルに見せるすべを心得ていた。「君用の轡《くつわ》を持ってくるべきだったな」

ゾーイがまた笑った。「ドレスに合わないわよ」

ナディールは薄紫色のドレスに視線を這《は》わせた。地味なデザインだが、繊細な布地が体をぴったりと包んでいる。パーティでは最もセクシーな女性だった。肌を露出させたドレスの女性たちもゾーイの前では影が薄かった。

頭を振り、彼女の体から目を離した。気を散らしてはいけない。「地が出たんだな？」

ゾーイの笑みが広がった。「ごめんなさい」

実を言えば、自分の力と彼の忍耐を試すためにわざと不意打ちを仕掛けたのだ。ただ、彼が怒らなかったのは意外だった。

「僕がＤＶ被害者の救済に取り組んでいるだって？　いったいいつから？」

「ミセス・タンと話していてつい口がすべったの」

ゾーイは肩をすくめた。「それで、いい反応が返ってきたから、流れにまかせたのよ」

「ずいぶん詳細な嘘だった。二十四時間ホットライン。グループカウンセリング。緊急避難施設。全部とっさに思いついたのか？」

「故国で母がボランティアをしていたの。村でも活用できるわ。ミセス・タンには、官僚の承認を得るのがむずかしいと言いわけすればいいわ」

「いや」いいアイデアだ。ゾーイにもそうした頼みの綱があればよかったのに。

「どうするつもりなの？」

「進める」ゾーイの目が輝くのを見て、胸に温かなものが広がった。「君のプロジェクトにしよう」

ゾーイがぽかんと口を開けた。「私の？」

「君の嘘から出た話だ」ナディールは彼女の手を取った。「君は救済活動になにが必要か知っているし」

「はたしていい考えかしら。失敗するかも」

「それはないだろう」

ゾーイが窓の外に目をやった。ナディールは彼女を観察した。どうしてこれまでゾーイが役に立つと考えなかったのだろう？　彼女は臆することなく真実をついてくるし、強力な味方になりうるのに。

彼女はすでに僕が拒まれた機会を創出してくれた。今後ジャザールに新しいイメージを与え、ビジネスや外交関係を進展させてくれる可能性がある。

しかし、ジャザール国内ではまだ不都合な存在だ。山間《やまあい》の離宮に送りこんだほうが無難だろう。ただ、そうすべきだとはもはや思わない。彼女の将来について決断せざるをえなくなるまで、この現代的な妻を世界に披露することにしよう。

音楽が点滅するライトと同じリズムを刻み、ダンスフロアが原始的なビートに振動しているようだ。だれもが官能的なビートに合わせて腕や腰を揺らしている。ゾーイはナディールの肩に腕をまわしてさらに体を寄せた。そのかいあって彼の目が輝いた。

喜びと期待が身内にあふれた。シンガポールでの一週間は、長いこと忘れていたこのうえなく幸せな時間だった。アラビア語の個人レッスンさえも、気をめいらせることはなかった。ジャザールに来たときに言葉を覚えるのに苦労したことを思い出し、レッスンを恐れていたが、今回はだれも結果を急いでいないので、それほど挫折感を味わうことはなかった。むしろ世界が日々刻々と広がる気がする。

ジャザールで着ていたカフタンや部屋着は捨て、もっと若々しくて色鮮やかな服に替えた。自分自身を映すように。この一週間、興味深い人々に会い、シンガポールを見てまわった。それでも、本当に楽しいのはナディールと二人きりで過ごす時間だった。

でも、去るときが来たわ。ゾーイは少し悲しかった。ナディールの商談は片づいた。私の逃走計画の準備も整った。危険な作戦行動を思うと震えてしまう。でも、ジャザールに連れて帰られたくないなら、ここで実行しなくてはならない。

夢に賭けたいなら行かなくては。なのに、妙なことに気が進まない。

「ナイトクラブに連れてきてくれてありがとう。こういうところは初めてなの」

「君の願いは僕には絶対だ」彼が耳元でささやいた。

そうならいいのに。「シンガポールを離れるのはつらいわ」彼から離れるのはつらい。「こんなに楽しかったことはないもの」

ナディールが顔を上げ、ゾーイの目をのぞきこんだ。「ジャザールが恋しくないのか?」

本音に気づかれないように表情を繕った。「ええ、ぜんぜん」

ナディールの黒い瞳が期待にきらめいた。「じゃあ、アテネに同行してくれ」

「アテネ？　ギリシアの？」体の奥にかすかに興奮がわき起こった。「本当に？」

「てこ入れが必要なビジネスがある」ナディールの両手が気持ちよく背筋をすべって、ヒップを包みこんだ。「どれくらいかかるかわからないんだ」

「喜んで行くわ。ギリシアは西洋医学発祥の地だって知っている？」

「ゾーイ……」

声にこもった穏やかな警告に、高揚がしぼんだ。禁じられた話題を持ち出してはいけない。ゾーイは身を引き、喉から言葉をしぼり出した。「ごめんなさい。いつ発《た》つの？」

ナディールは自分の力強い鼓動がゾーイの胸に伝わるように再び引き寄せた。

ギリシアがシンガポールよりアメリカに近いのか遠いのかもわからない。計画は今夜実行したほうがいい。でも、ナディールと一緒にいたい。もう少しだけ新婚カップルのふりをしていたい。

ゾーイの目に浮かんだ思いに気づいたに違いない。ナディールの荒削りな顔に影が差し、ゾーイは周囲の大気が火花を散らしている気がした。

「ホテルに戻ろう」彼が突然言って、ゾーイの手をつかむとダンスフロアから連れ出した。

連れられていきながら、つないだ手を見つめた。浅黒い手は大きく、ゾーイの手を包みこんでいる。安心だ。もう孤独ではない。

でも、これは現実ではないわ。とてもリアルに感じられるけれど、ハネムーンの魔力にすぎない。夢想と現実の区別がつかなくなる前に去らなくては。この先チャンスはないかもしれない。今逃げなくては。

ナディールと一緒にいるのは楽しい。彼に出会うまで本当に孤独だった。離れれば、また独りぼっちになる。二人の時間を最大限に活用したい。でも、どの時点で離れるのがベストなの？

つないだ手を見つめるうち、まだ手を飾っているヘナの模様に目が釘《くぎ》づけになり、部族の若い花嫁たちが思い出された。

彼女たちはだれもハネムーンに行っていない。伝統にないからだ。でも、この模様が消えないうちは王女のように扱われ、家事も料理もしないですむ。

親指の付け根にある花の図柄に目がとまったとき、心が決まった。あと一週間か二週間でハネムーンも終わる。図柄が消えたら、それこそがナディールから離れて、新しい生活を始める合図になる。

11

「本気で知りたいの？」ためらいがちに尋ねた。

ナディールの興味津々の表情は変わらない。「だからきいたんだ」

彼はどうしてこのタイミングできいてきたのかしら？　二人はベッドでぐったりと裸の体を寄せ合っていた。ゾーイは腹這《はらば》いで両手を枕の下に入れ、顔だけナディールに向けている。ナディールは仰向けに寝そべって、彼女に顔を寄せている。

ふいに答えがひらめいた。私がついに警戒をゆるめたから、彼はきいてきたのだ。

この一週間半、二人は新婚カップルらしくヨーロッパをめぐった。その間にナディールは少しずつゾーイの心を開かせた。彼の作戦にまんまと引っかかってしまったのだ。

幻想に酔いしれて、しゃべりすぎてしまった自分に腹を立てないといけない。ただ妙なことに、後悔はなかった。今までナディールほど身近に感じた人はいない。

ジャザールから始まってロンドンにたどり着いたハネムーンのどこかの時点で、彼を信頼するようになっていた。ほんの少しだけれど。自分の夢について語るという同じ間違いを繰り返すつもりはない。心の奥底に隠した秘密をすべて打ち明けてしまうほど愚かでもない。

「無理に話さなくてもいい」ナディールが静かに言って、天井を見あげた。

そんなに長い間黙っていたとは思わなかった。

「ごめんなさい。どれが最悪か決めかねていたの」ゾーイは快活に言った。「たくさんありすぎて」

眠りにつく前に自分のことを教え合うというこの儀式を始めなければよかった。好きな色や子供のころの思い出はかまわなくても、弱点や過ちや不安を明かすとなるとわけが違う。とりわけその情報をこちらの不利に利用する力のある相手には。

「私の最悪の過ちは……」急に神経が高ぶり、肌が冷たくなった。顔をそむけて、ひと息ついた。「最悪の過ちは、たぶんムサド・アリとのことでしょうね。隣人の息子だったの」

贅沢《ぜいたく》な寝室の空気が変わった。ムサドが恋人だったとわざわざ言うまでもない。ナディールがゆっくりとこちらを見た。このことを話すのはよくないかもしれない。でも、彼には私を理解してほしい。

ナディールの広い肩を見つめた。ムサドのことはだれにも話していない。私の秘密、私の恥だ。彼に話すのもいい考えではないのかもしれない。二人の親密な関係がこれで変わってしまいかねないから。

「ムサドは近づいてはいけない男性だった」かすれ声で認めた。「信用してはいけない男性だった」

「どれくらい続いたんだい？」

穏やかな質問に、ゾーイは目をしばたたいた。ナディールの顔をすばやく見たが、非難も怒りも見られない。これが本当に彼の反応なの？　それとも、もっと話させるために感情を抑えているの？

「六カ月ほどよ」おずおずと答えた。「彼はシカゴの大学に行く前に結婚してくれると約束した。でも、初めから私を置いていくつもりだったの」

「君の叔父さんに知られたら……」

ゾーイは震えあがった。「ばかだったわ。向こう見ずだった」

ナディールがむき出しのゾーイの腕をさすった。

「恋をしていたんだから」

恋をすると、軽率な行動が気高く見えたりするものだ。だからゾーイは間違った決断を重ねた。あれは本当は恋ではなかったのに。

「私は叔父の家に閉じこめられて、不安でみじめだった。だけど、ムサドと一緒にいると、つかの間忘れられた。ムサドは私をそんなすべてから連れ出してくれると約束したの。私はやみくもに彼を信じた。ベッドに誘うためのせりふだなんてわからなかったのよ」

「従姉《いとこ》はどうして知っているんだ？」

「わからないわ」ファティマが知っていたのは予想外だった。「私たちが一緒にいるところを見たのかもしれない。最後にはムサドは危険を冒すようになっていたから。私もだけど。私は反抗したかったの」

ナディールが眉をひそめた。「やつは君を危険にさらしたんだ」

「そんな気はなかったと思うわ」ムサドを高く買ってはいないが、そこまで計画的で無慈悲だとは思わない。「ムサドは私を利用したけれど、関係がばれたら彼も罰せられたはずだもの」

「だが、君のほうがひどい罰を受ける」ナディールは怒りに目を細くして指摘した。「だから君は叔父さんにばれる前に家を出なくてはならなかった。それには結婚するしかなかった」

「ええ」叔父の家から、ジャザールから、地獄から出るには。

「だからいそいそと野獣と結婚した」

ゾーイは顔をしかめた。「そのニックネーム、嫌いだわ。あなたは野獣ではないもの」

「本気でそう思うか？」

陰鬱な声で問われ、背筋が震えた。彼は凶暴な本性を隠していて、気づいたときにはもう手遅れだなんてことがあるかしら。彼は叔父とも部族のほかの男性とも違うけれど、もっと危険でもあるのだ。

「さあ、あなたの番よ」ゾーイはささやいた。じっとしていたものの、実は防御のために体をまるめたかった。「最大の過ちはなんだったの？」

長い間ができた。ゾーイは身を縮めたくなった。禁断の境界線を越えてしまったに違いない。彼が私に個人的なことをきくのはかまわなくても、私が同じことをすれば生意気だということになる。

「ユスラ」ナディールが答えた。「最大の過ちは彼女とのことだ」

ユスラの名前が出たのに驚いた。その夜のことも部族の信望を損なったスキャンダルのことも、これまで一度も聞いていない。「なぜ？」勇気を出して尋ねた。

「もっと自制心を働かせるべきだった」

一瞬、心臓がとまった。肌が警告するようにちくちくする。彼はなにを言っているの？ ニックネームにふさわしい男だと？ 野獣のように凶暴で荒々しくなる危険を秘めている男だと？

ナディールが突然上におおいかぶさってきた。高まった彼の下腹部が肌に触れ、心臓が激しく肋骨《ろっこつ》を打った。私は自分の夫を怖がらないといけないの？

「二度と感情には負けない」かすれた声で言うと、ナディールはゾーイの手首をつかんで頭の上まで持っていき、彼女の唇を求めた。キスに応じると、脈が激しく乱れた。

唇が離れた隙に、ナディールの黒い瞳をのぞきこんだ。彼のまなざしには欲望のほかにもなにかある。謎めいていて手の届かないものが。

ユスラとの初夜になにがあったにせよ、彼は話してくれない。過去の行動にせよ、曖昧な言葉にせよ、彼が説明しなくてはならない理由はないのだ。

私はどうしてしまったの？　彼を撃退して、逃げなくてはいけないのに。怖がらなくてはいけないのに。それなのに、無防備なまま彼の下に横たわっている。胸をときめかせ、彼の秘密に引きつけられている。

ナディールがゾーイの全身にキスしていった。ゾーイのあえぎ声と彼のささやき声が部屋にこだました。ナディールが胸のふくらみを両手と唇であがめるように愛撫《あいぶ》したときには、彼の肩に爪を立てた。おへそに舌を差し入れられたときには、シーツを握り締めた。

ナディールが脚の間に顔をうずめると、ゾーイは腰を浮かせた。彼が口で喜ばせてくれると、肌の下で火花が散った。欲望が生き生きと血管をめぐり、快感に熱く貫かれるまま、彼の髪に指をからめた。のぼりつめると、喉の奥からうめき声がもれた。

喜びが小波《さざなみ》を立てているうちに、ナディールが震える脚を自分の腰にからませ、突き入れてきた。熱く迎え入れると、彼はすぐに力強く荒々しく動きだし、ゾーイは脚をしっかりと巻きつけてしがみついた。クライマックスが再び全身を貫いた。

自分を解放したナディールはしゃがれた大声をあげ、ゾーイの上に倒れこんだ。ゾーイは手足から力が抜けた気がしたが、彼を抱き寄せた。この瞬間を手放したくなかった。

ナディールがごろりと仰向けになった。ゾーイは彼の胸がひと息ごとに上下するのを見守った。腕が触れ合っているけれど、それではもの足りない。でも彼の腕に抱かれたいなら、彼を信頼しなくてはならない。

腕に抱いてほしいなどと頼めば、本心を明かしてしまうことになる。ゾーイはそわそわと彼に体を寄せて震えた。「凍えそうだわ」

ナディールは眠そうな忍び笑いをもらし、がっしりした胸にゾーイを抱き寄せた。「まさか。ロンドンの九月はすばらしいよ。君は砂漠に慣れているだけだ」

「そうかもしれないわ」でも、国際都市より砂漠にいるほうが快適だなんて思いたくもない。

「認めろよ」ナディールがゾーイに腕をまわし、眠そうに言った。「君はジャザールが懐かしいんだ」

そんな考えは笑い飛ばしたいが、思い出がよみがえった。あの静けさ、食欲をそそる香辛料の数々。砂漠を眺めるのも、砂丘に沈む太陽を見るのも好きだった。乾燥地帯の自然のままの荒削りな美がわかるようになっていた。「懐かしいものもあるわ。暑さとか」帰りたいほどではないけれど。

ナディールのまぶたがしだいに重くなっていく。「じゃあ、明日の今ごろは暖かいところにいると聞いたらうれしいだろうな」

ゾーイは警戒態勢に入った。もうジャザールに帰国するのかしら。「どこへ行くの?」慎重に尋ねた。

「メキシコシティだ」

ゾーイは目を見開いた。「メキシコ……?」ささやき声になった。メキシコはテキサスと国境を接している。信じられないほど故郷に近づく。

「それまでは僕が温めてあげるよ」眠けのせいで言葉がはっきりしない。

「それは名案だわ」ゾーイは彼の頬に手をあてがって、うっすらと生えた無精髭《ひげ》を撫《な》でた。

すると、自分の手の図柄がほとんど消えているのに気づいた。消えにくい渦巻きがいくつか残っているだけだ。でも、数には入るわ。顔を傾けてナディールにキスをしながら思った。私のハネムーンはメキシコで正式に終わる。

そう決めたことで、希望と覚悟がみなぎるはずだった。だが実際には、夫から永遠に離れる前にハネムーンを精いっぱい楽しもうという思いしかなかった。

12

ナディールはホテルのロビーに入った。ダイナミックな都会から帰ると、静かな環境が平和なオアシスのように感じられて心地よい。柔らかなクリーム色のソファと温かな茶色の壁に砂漠を思い出した。今は海外で仕事に励んでいるが、それもこれを最後に帰国して、国政に集中するためだ。

ハネムーンと出張を一緒にしたのは名案ではなかった。山間《やまあい》の離宮に閉じこめる前にゾーイを堪能するつもりだったのに、かえって飽くなき欲望にとらわれるようになった。一日たりとも彼女と離れたくない。

さらに悪いことには、彼女に頼るようになっている。一度ならず彼女に意見や見解を求めた。彼女は見識が高く、顧問からは絶対に聞けない部族の生活に根ざした話をしてくれる。

期待に血を騒がせてエレベーターへ向かった。支配人が出迎えようと足早にやってくるのを見て、いらだちにうなりたくなった。一刻も早くゾーイのもとへ戻りたい。

ナディールは眉をひそめた。僕の時間はいつから彼女を中心にまわるようになったんだ？　ベッドをともにしたいだけではない。いつも一緒にいたい。これは欲望だけでは説明がつかない。僕は政略結婚の相手を愛してしまったのか？

そんな思いと闘っていると、支配人が行く手を阻んだ。「殿下、気持ちよく滞在していただけたのならいいのですが。明日のご出立でしたね？」

「そうだ。楽しく過ごさせてもらったよ」

「当ホテルをお選びいただき、大変光栄です」そこで急に晴れやかな笑顔になった。「それに、奥さまは驚くべき女性でいらっしゃる」

「ああ、そうだな」ゾーイは生存本能を備えた闘士だ。戦士の勇気、科学者の頭、それに女神の美しさがある。彼女が妻なのが誇らしい。

「とても美しく、とても聡明《そうめい》で」支配人が手ぶりで強調した。「とても好奇心が強くて」

ナディールは動きをとめた。「好奇心？」

支配人がうなずいた。「はい、当ホテルで開催中の公共衛生会議に興味を示されて。来賓とご一緒に専門家委員会にも出席されました」

暗いいらだちが渦巻いたが、必死に控えめな興味を示す表情を保った。「そうなのか？」

「母体の健康について多くの考えをお持ちで。討論は……白熱したものになりました」

「想像がつくよ」僕は医学を禁じた。彼女を信頼していたのに。「妻は絶対に引きさがらないから」

支配人がもう一度小さくお辞儀をした。「奥さまもご滞在を楽しまれたならいいのですが」

「それはもう」支配人と別れて、エレベーターに乗りこんだ。脚から力が抜けている。怒りが体を駆けめぐり、キーカードを手荒く読み取り機に通した。

国へ帰るときが来たのだ。ゾーイを信用して、自由を与えすぎた。父の物言いに似てきたがかまわない。王族の妻になるのを助けるためにルールを決めたのに、彼女はそれを無視したのだから。

スイートルームに入るころには、なんとか癇癪《かんしやく》を抑えられるようになっていた。だが、心休まる内装は目に入らなかった。出迎えるはずのゾーイがいないことしか考えられない。なぜかますます腹が立った。

執事が慎重に笑みを浮かべてやってきた。そっけなく、ゾーイはどこかときいた。日光浴だという答えが返ってきた。寝室のテラスにあるプールにそっと近づいた。

ゾーイの姿を見ると、足がとまった。プールサイドにゆったりと横たわって、電子書籍を読んでいる。サングラスを頭の上にのせ、おとなしいブルーの水着で体の曲線をおおっている。

見守っていると、胃が締めつけられた。茶色の髪は頭のてっぺんでまとめている。手を差し入れなくても、温かなシルクのような感触だとわかる。日焼けした肌は柔らかく、いい香りがするだろう。そして唇は……僕を燃えさせるすべを知っている。

ゾーイは僕が妻に期待した女性ではない。純粋なジャザール人でもない。彼女はセクシーで、頑固で、刺激的で……並はずれて反抗的だ。

引き戸を開けると、ゾーイがリーダーから顔を上げた。うれしそうな目の輝きと満面の笑みに、ナディールは驚いた。僕を見て心底喜んでいる。

だが、彼の表情に気づき、笑みが陰った。「オフイスでなにかあったの？」ゾーイが上体を起こした。

「公共衛生会議に出席したって？」ナディールは冷ややかに応じた。

厚いカーテンが下りたように、ゾーイの顔から表情が消えた。うつむいてリーダーのスイッチを切り、そばのテーブルに置く。「そんな話、いったいだれが？」

言い合いになるのは必至だ。ゾーイには話す気がない。僕に隠す秘密がまたふえるわけだ。

「アシスタントから今日の行動を詳細に聞き出そうか？」ネクタイを邪険に引っぱってゆるめた。

ゾーイが口元を引き締めた。「その必要はないわ。私は会議でのイベントに参加したの」

額の血管が脈打つのを感じながら、両手をポケットに突っこんだ。「医学にはかかわるなと言ったのに？」ぞっとするほど静かな声で尋ねる。

「来賓のお招きだったの。新生児医療における権威なのよ！」ゾーイがラウンジチェアから勢いよく立ちあがった。「断るなんて失礼よ」

「君なら言いわけを思いつけただろう」

「どうして言いわけしなくちゃいけないの？　私は行きたかった。あの人たちは私を理解してくれる。ようやく自分の居場所を見つけた気がしたわ」

「二度と命令にそむくな」情け容赦のない低い声で言った。

ゾーイが身を硬くした。緊張のせいでかすかに震えている。「別にもくろんだわけじゃないわ！」

彼女の感情の爆発に、ナディールは不意をつかれた。シークの命令に口答えする者などいないのだ。

「僕は本気だ、ゾーイ」

ゾーイは引きさがらない。顎を突き出し、茶色の瞳を反抗的に光らせている。「あなた、おかしいわ。医学について意見を持つことも、応急手当ての基本的技術を持つことも、悪いことじゃないのに」

「君に実践の機会はない」

「そんなことはわからないでしょう。今ここであなたが倒れたら？」ゾーイが両手を腰に当てた。「私はただだれかが助けてくれるのを待つの？」

「そうだ」

ゾーイが目をしばたたいた。「本気？　本当に私には助けてほしくないの？」

その表情から傷ついたのがわかった。傷心を癒やし、僕の決断は君の能力とは関係ないと話してやりたい。しかし、ここは断固たる姿勢を見せなくては。夢を追うことはできないと理解させるのだ。夢は、僕と結婚したときについえた。残念だが、今は前に進んで、振り返ってはいけないときだ。

「僕の警護隊はいかなる緊急事態にも対処できるよう訓練されている」ナディールは説明した。「君が彼らの仕事をじゃましたら、僕は怒り狂うだろう」

「でも、私には警護隊はいないわ」

「いるさ」ナディールは眉をひそめた。そんなことも わからないのか？　僕が彼女の安全を守らないとでも思うのか？

ゾーイは鋭く目を細め、狼狽《ろうばい》したようすで彼を見つめた。「なにを言っているの？」

「結婚式の日から、君にも警護がついている。そうでなければ、オマイラでぶらりと本屋に入った君を見つけられるわけがないだろう？」

私に警護隊がついている。体に衝撃が走り、心臓がとまった。プロのチームが私の動きを逐一見張っている。知らなかった。

うつむいて、体の前で手を組んだ。顔に浮かんだ恐れをナディールに見せるわけにはいかない。今までずっと、逃げる機会をとらえない自分に腹を立てていた。アテネではためらった。ヨーロッパでは先延ばしにした。メキシコでは尻込みした。でも、たとえ逃げようとしても、見事に失敗したはずだ。

「だれなの？　何人いるの？」だれにつけられているのか見当もつかない。旅の間、だれも見た覚えはない。

「そんなことはどうでもいい」ナディールが手を振った。「医者のまねごとはするな。君がビタミン剤をだれかに渡したという話さえ聞きたくない」

ゾーイは黙っていた。そんな約束ができるわけがない。彼は私のことがまるでわかっていないの？

「ゾーイ、君は服従することを学ばなければ」

上目遣いに彼を見た。「さもないと？」

ナディールの目が曇った。「僕を困らせるな」

「私が医学を学ぶことを、あなたがどう思うかはわかるわ。でも、あなたに私の思いがわかる？」辛辣な口調で尋ねて顔を上げ、彼の目を見た。「ずっと父の志を継ぎたいと思ってきたの。医学に魅せられてきたの。わかる？　ねえ、わかる？」

ナディールは腕を組んだ。「十三歳でボランティアの看護助手をしたときから、医学に魅せられてきた。君には病院の雰囲気が刺激的だった。だが本当にしたかったのは、両親の仕事を継ぐことだった」

その言葉にゾーイは愕然《がくぜん》とした。彼が理解しているとは思わなかった。彼はなにが私を駆りたてているか知っている。それでも、支援するどころか夢をあきらめさせようとしている。

驚くことではないけれど、彼に裏切られた気がする。私の大切なものを教えてはいけなかったのだ。

「それに、君はそのリーダーでこっそり医療もののミステリーを読んでいるんじゃないか？」

ゾーイはやましい思いでリーダーをちらりと見た。

「わかってしまったのね」医学を活用しない限り、興味を持つのはかまわないというわけだ。

「君に勝ち目のない闘いをさせたくない」

「私には大切なことなの」

「わかっている」ナディールは大きく息を吐くと、

ゆっくり言った。「医学界に君の仕事を作る。保健省で小さな役割を果たしてもらおう」

ゾーイはのけぞりそうになった。心臓がどきどきしている。彼は本気で私に仕事を与えてくれるの？　条件つきでないと信じるのが怖い。「保健省に女性はいないわ」

「抵抗はあるだろう。だが、僕なら対処できる。国の女性医療制度が遅れているのは知っていたが、君の経験を聞くまでどれほどひどいか理解していなかった」

「私には資格がないわ」ゾーイはすばやく指摘した。名誉ある地位なのに、私は若くて、無学で、しかも女性だ。「あまり役に立てるとは思えない」

「君はシークの妻だ。彼らは従う」

「寛大な申し出に感謝するわ」夢とは違うが、重要な仕事だ。私が医者になれる保証はないけれど、ナディールの話ではジャザールの医療制度を変えられる可能性がある。「考えてみるわね」

ナディールは彼女の顔を両手で包んで仰向かせ、目をのぞきこんだ。「これ以上の申し出はないぞ」

「わかっているわ」でも、自分の思いどおりに生きたい。そして、彼と一緒ではそうはいかない。ただ、なんでも思いどおりになるとは限らないのだから、早く心を決めなくては。

ナディールは彼女の表情をしばらく観察していたが、ため息をついて手を離した。「ディナーに出かける支度をしろ」

ゾーイはうなずいた。日が沈んで、涼しくなってきた。「どこへ行くの？」

「ジェット機へ」

ゾーイは凍りついた。予定より早くメキシコシティを発《た》つのだ。手に目を落とした。ヘナの模様は何日か前に消えたのに、逃げようとしなかった。次のチャンスがいつ訪れるかもわからない。後悔に胸がつまりそうで、浅く息をついた。

「ジャザールに帰るの？」声がかすれた。パニックに襲われ、喉が締めつけられる。

「まだだ」ナディールはゾーイを注意深く見守った。

「アメリカへ行く」

ゾーイは息をのみ、両手を口に持っていった。アメリカ。目が潤み、胸がいっぱいになった。何年ぶりかでついに故国に帰れる。

「大丈夫か？」ナディールが彼女の肘をつかんだ。

「ええ」両手を下ろした。手が震えている。「アメリカには行かないと思ったの。あそこでのビジネスはないと聞いたから」

「いくつか会議がある」ナディールがゾーイの腕を放した。「君は喜ぶと思ったが。アメリカへの小旅行をしきりにほのめかしていたじゃないか」

ぎょっとした。そんなに見え見えだったの？　すばやくナディールに目をやった。彼は油断がない。黒い瞳には疑いがひそんでいる。

「ありがとう」ゾーイは愛想よくほほえんだ。動悸《どうき》が激しくなっている。背伸びをして、彼の頬に唇で軽く触れた。「すばらしい驚きだわ」

「それはそうだろう」

そっけない口調に、ゾーイは赤面した。反応を抑えられたならいいけれど。もっと慎重にならなくては。ゴール直前ですべてをぶち壊しにするわけにはいかない。「アメリカのどこへ行くの？」

「ニューヨークだ」ナディールは彼女の顔から目を離さなかった。「二、三日滞在する」

「待ち遠しいわ」顔には笑みを貼りつけていても、心臓が破裂しそうだ。「すぐに着替えるわね」

急いで部屋の中に入った。ナディールになにか言ったり考えを変えたりする間は与えなかった。エネルギーが勢いよく血管を流れている。数時間後にはアメリカにいる。何年も願って、夢見て、計画してきたことが実現する。すさまじい嵐に巻きこまれたような気分だ。

肩越しに振り返ってナディールを見た。うつむいて携帯電話になにか打ちこんでいる。ジャザールも、これまでの生活も捨てられる。でも、ナディールと築いたすべてを捨てられるかしら？

わからない。これまではずっと、振り返ることなく立ち去れると思っていた。でもそれは、夫に恋する前の話だ。

僕はばかだ。ナディールは奥歯を噛《か》み締めて、携帯電話の番号をたたいた。顔に本音が出ていた。ゾーイには隠せなかった。どうしてもっと前に気づかなかったのだろう？　今なら彼女があれほどアメリカへ行きたかった理由がわかる。

緊張した手で額をこすり、携帯電話を耳に当てた。さりげなくアメリカへの小旅行をほのめかす裏にはなにかあると思っていた。かつて住んでいた国への好奇心ではすまされないなにか。彼女はアメリカへ行くと決意していた——いや、必死になっていた。

ただ、なにを求めているのかわからなかった。だが今は、彼女がハネムーンの間じゅう、ヒントを与えていたことがわかる。僕は魅了され、のぼせあがって、手がかりに気づかなかった。

「グレイソン？」警護隊長が応答すると言った。

「アメリカ国内にいる人物を見つけ出して、監視してくれ。名前？　ムサド・アリ。シカゴ在住だ」

通話を切り、プールの青い水を見るともなく見た。ニューヨーク行きを中止したい。しかしそれでは、彼女の憧れをますます強めるだけだ。連れていって、アメリカではだれも待っていないと教えてやろう。

彼女に必要なのは僕だけだと、疑いの余地なく証明しよう。

13

タイムズ・スクエアは想像どおりだった。夜も遅い時間なのに、街は明るく輝いている。ゾーイは数階分もある大画面テレビ広告を一瞥《いちべつ》した。目の前にあらゆる色がひらめいていた。人々は歩道にあふれ、明るい黄色のタクシーがブロードウェーで場所の取り合いをしている。露天で売られる塩味のプレッツェルの香りが大気に漂っている。

街は活気づいている。騒々しくて、精力的で、奔放で、いかにもアメリカ的。でも、なぜか居心地が悪い。ジャザールの砂漠の平穏な静けさが懐かしい。

慣れていないだけよ。ゾーイは自分に言い聞かせた。二人はブロードウェーの芝居の初日に出席し、

豪華な劇場を出たところだった。静かなヒューストンの郊外で育ち、この数年は小さな村で暮らしてきたから、調子が狂っているだけ。すぐに順応するわ。

出口でリムジンが待っていた。足をとめてナディールを見た。黒のタキシードをうらやましいほどさりげなく着こなしている。たくましい体が強調され、魅惑的な生活を送っていることをうかがわせる。

「ホテルまで歩きましょう。それほど遠くないわ」

ナディールが甘い笑みを見せた。「この街は人を飽きさせないからな」

ゾーイは笑顔で応じ、ナディールはリムジンを帰らせた。ニューヨークは好きだが、ナディールがいなかったら楽しめないだろう。彼は申し分のないガイドだ。彼と一緒だと、毎日が充実し、刺激的になる。目標だけ見すえた孤独な生活のために、こうしたすべてをあきらめるのはむずかしいに違いない。

ナディールはゾーイの背中に手をあてがって歩道

を導いていった。劇場の前はダイヤモンドで身を飾った女性やタキシードに白のスカーフをあしらった男性があふれている。だが、ナディールほど優雅で男らしい美しさにあふれた男性はいない。

さまざまな香水の香りを吸い、毛皮のコートやスパンコールのついたジャケットの間をすり抜けながら人込みを歩いた。名士や政治家や産業界の大物がナディールとなんとか言葉を交わそうと押し合っている。突然、今こそ逃げ出すのに絶好のチャンスだとひらめき、歩をゆるめてタイミングをはかった。

今は夜で、街は混雑している。だれもがナディールに注目している。次の動きを考えると、呼吸が速くなった。私は今、警護隊にとって悪夢と言うべき雑踏の中にいる。さっき観光したから、地下鉄の駅が近くにあるのはわかる。ためらう理由はない。

だが、考えが浮かんだ先から却下した。覚悟ができていない。こんな形でナディールと別れられない。

彼は心配のあまり病気になってしまうだろう。私が迷子になったか、危険にさらされていると考え、この街をくまなくさがすだろう。彼の過剰な庇護《ひご》はうっとうしいこともあるけれど、強くて有力な人が私のために用心してくれるのは気分がいい。

手を伸ばすと、すぐにナディールの手に触れた。彼は大きな温かいてのひらをすべらせ、指をからめてきた。それだけで、もう安全で愛されている気がする。わざわざ目で彼の存在をさがさなくても、彼はちゃんと私と手をつないでくれる。

私は本当に彼と別れられるの？

そんな思いが頭をかすめ、唇を噛《か》んだ。答えられない。視線を感じて目を上げると、ナディールが見ていた。険しい顔がやわらぎ、黒い瞳は輝いている。固く結んだ口元にもかすかな笑みが浮かんでいる。

「観劇に連れてきてくれてありがとう」

「どういたしまして」セクシーな低い声だ。

熱いものがゆっくりと体にみなぎってきた。赤いイブニングドレスが体の曲線をぴったりと包んでいることが急に意識された。この一週間は喜びしかなかった。

「あなたの感想は？」

「ほとんど君ばかり見ていて楽しかったよ」ナディールが身をかがめ、耳元でささやいた。「芝居に夢中になっている君はとてもセクシーだった。君はこの街のすべてが刺激的だと思っているようだな」

「無理もないでしょう」ゾーイは笑った。ナディールと一緒だと、なんでもより楽しくなる。もっと幸せに。その理由は一つしかない。「まだハネムーンなんですもの」

結婚生活もこんなふうに続くのかしら？　ナディールはこれからも二人の時間を優先してくれるの？　今の彼は二人の時間をじゃまされることを望んでいない。でも、それがいつまで続く？　今週彼は、私が一緒にいるときには携帯電話まで切った。そんな単純な意思表示が、有名宝石店を閉店後に訪れて貸し切り状態で買い物ができたことよりうれしい。

「こんなに仕事を休んで大丈夫なの？」歩道で信号待ちをしながら尋ねた。「夜中に目を覚まして、あなたが仕事をしているのを見るなんていやだわ」

ナディールが横目で見た。「君がベッドにいるのに、パソコンを相手に夜を過ごすのはごめんだ」

「本当に？」顔がほてった。ゾーイは恥ずかしそうにうつむいて通りを渡った。ナディールへの愛と信頼を示せるのはベッドにいるときだけなのだ。

毎日少しずつ彼への愛が深まっていても、口に出す自信がない。二人は政略結婚で結ばれたのであって、そこに愛は含まれない。

でも、その愛こそが、ジョン・F・ケネディ空港に着いたときにナディールの人生から消えなかった理由だ。有名な赤い階段のわきを通りながらも、その思いが頭から離れなかった。逃げるタイミングを逸したからではない。知らない街が怖かったからでもない。彼への愛が深まり、彼と一緒にいるために自分の自由を犠牲にしてもいいと思ったからなのだ。

真実に思い当たり、ゾーイは震えた。するとナディールが手を離し、肩を抱いてくれた。抱き寄せられ、さわやかな秋の夜気と彼のコロンのかすかな白檀《びゃくだん》の香りを吸いこんで、ため息をついた。

「寒いのか？」体を寄せ合って歩きながら、ナディールがささやいた。「ホテルはもうすぐだ」

ゾーイはナディールの広い肩に頭を預けた。もし私が彼のもとにとどまるとしたら？　それがそんなに悪いことかしら？　禁じられた思いが心にあふれて、胸が締めつけられた。これまでそんな可能性を考えることを自分に許さなかったのに、この一週間はその思いが影のようにまとわりついている。

ナディールと一緒に帰国すれば、将来の計画をあきらめなくてはならない。医者になる夢をかなえるチャンスはなくなる。

かなうかもしれない夢を捨てられるの？　でも、ナディールとの絆《きずな》は永遠に続く強いものになるはずよ。彼のような男性には二度と会えないし、彼を愛するようにだれかを愛することもできない。

それに、私が医者になれる確率はどれくらいかしら。ナディールと専用エレベーターに乗りこみながら、ゾーイは眉をひそめた。挫折することは考えたくないけれど、医者になろうとしてもなれない人は多い。私は違うなんて言える？　大学に入れるかどうかだってわからないのに。

一方ナディールは、保健省で働くというすばらしい機会を提案してくれた。最善を尽くせば、きっと力を発揮できる。夢とは違っても、十分意義はある。

彼はほかにも、手が届かないとあきらめていたものを差し出してくれた。家族だ。ヒューストンに待っている家族はいない。

エレベーターのドアが閉まると、通過階が表示されるのをぼんやり眺めた。私はこの期に及んで本気で目標を変えるつもりなの？　野獣と呼ばれる男性と一緒に暮らせるの？

「ずいぶんおとなしいな」ナディールがゾーイの手を口に持っていき、唇で指先に軽く触れた。「なにを考えている？」

その質問に、考え事から目が覚めた。「実はあなたのニックネームのことを考えていたの」

ナディールが身を硬くした。「それがどうだというんだ？」

「ユスラとの初夜に本当はなにがあったの？」答えを聞く覚悟ができているかどうかはわからなかった。私はナディールのイメージを勝手に作りあげているのかもしれない。彼は本当に野獣で、私はその現実を見ようとしていないのだろうか。

ナディールがボタンを押し、エレベーターをとめた。「なぜ知りたいんだ？」

ゾーイは肩をすくめた。「私には納得できないの。あなたは対抗勢力を威嚇するためにその評判を利用しているけれど、決して凶暴な人ではないわ」

ナディールがじっと目を見つめた。その顔にはなんの表情も浮かんでいないが、ゾーイは彼の警戒を感じ取った。「ユスラは結婚式のあとに流産した」

「まあ」胸が締めつけられた。彼はユスラと深い関係だったのだ。当然だわ。ユスラはずば抜けた美人で、純粋なジャザール人だもの。心に嫉妬が渦巻いた。恋愛結婚だったばかりか、ユスラが彼の子を身ごもっていたとは。「政略結婚だと思っていたわ」

「そのとおりだ」ナディールが説明した。「その子は僕の子供ではなかった」

ゾーイはぽかんと口を開けた。「まさか。考えられないわ。父親はだれだったの？」

「知らない。僕には打ち明けようとしなかった」

「出血と痛みは流産のせいだったのね。だれもその可能性を考えなかったなんて驚きだわ。みんな、ユスラの側の言い分を信じたかったのね」

「もっとうまく対処すべきだった」ナディールは目をそらした。「もっと目立たない形で結婚を解消することもできたのに、僕は激怒していたし、あのときには感情にまかせてもいいと思った」

「でも、離縁するしかなかったでしょう？」彼は自分を裏切った女性とは暮らせないはずだ。「もう彼女を信用できなかったでしょうし」

ナディールがゆっくりとうなずいた。「真実は家族にしか話さなかった」

それが今、私に話している。そのことがどれだけ重要かは理解できるし、軽視するつもりはない。ゾーイは彼の手を握った。「噂《うわさ》が広まったとき、弁明すればよかったのに」

「いや、それではユスラをきわどい立場に追いこんでしまう。いくら腹立たしくても、彼女が婚外交渉で罰せられてはいけない。診療記録を隠すだけでも大変だったんだ」

「なにがあったか、私は気づいてもよかったのに」

本能的にナディールは最初の妻を傷つけていないとわかっていた。

「どうして君が？」

「少しは信用して。妻になってもう一カ月以上たつのよ。あなたが女性を傷つけたりしないことくらいわかるわ」

ナディールはゾーイの額に額を預け、ため息をついた。「ありがとう、ゾーイ」

「でも、人々に野獣なんて呼ばせることはなかったのに」ゾーイは静かに言った。「あなたを信じてくれる人もいるはずよ」

「君は僕を信じてくれた」ナディールが二人の唇を

軽く触れ合わせた。「僕にはそれで十分だ」

確かに私は彼を信じた。いつから彼の評判を気にしなくなったのだろう？ 暴力的なところがあると思ったら、ベッドをともにはしない。凶暴性を秘めている疑いがあったら、結婚生活を続けることなど考えてもみなかったはずだ。

これからも彼のそばにいよう。不安がふつふつわきあがる中で、ゾーイは心を決めた。私は野獣と呼ばれる男性との結婚を続けられる。真実を知っているのだから。彼と一緒にいなくては。私たちはカップルだ。一緒に未来を築き、やがては家族を作る姿が容易に想像できる。医者になることをあきらめるとしても、その夢は実現したい。

「ユスラの話はこれまでだ」ナディールが言った。

「それより君をダンスに連れていきたい。君の言っていたナイトクラブへ行こう」

「二、三分で着替えられるわ」ゾーイは彼にもたれかかり、その熱さと強さにひたった。「それで、明日はなにをするの？」

「君のしたいことを」ナディールは彼女の腕に手を這《は》わせた。「ここで過ごすのも明日で最後だから」

ゾーイははっとした。鼓動が速くなるのを感じ、彼から体を振りほどく。「ジャザールに帰るの？」さりげなく言おうとしたが、声が甲高くなった。

「そうだ」

額に玉の汗が浮かび、不安で胃が締めつけられた。心を決めたのに、本能がそれに逆らおうとしている。あんなに必死に逃げようとした場所に戻るなんて、いいことなの？ 震える手で額をぬぐった。私はちゃんと考えたの？

ナディールが片手をゾーイの顔に添えた。唇にやさしくキスされると、目を閉じて彼に身をまかせた。さっきの衝撃は薄らぎ、不安は消えていった。

そうよ。これは正しい決断。私はジャザールで生きていく。今度はナディールがそばにいる。きっとうまくいく。

　チャイムは聞こえなかった気がするが、専用エレベーターのドアが最上階で開いたので、しぶしぶキスをやめた。ナディールの目が官能的な期待をたたえている。下腹部が興奮に渦巻くのが感じられた。

　玄関に足を踏み入れると、執事が近づいてきた。

「おかえりなさいませ。お客さまがお見えです」二人のコートを受け取りながらナディールに告げた。

　ゾーイは目の端で動きをとらえた。ナディールの弟のラシードがタイムズ・スクエアを見晴らすバルコニーから部屋に入ってきた。Tシャツとジーンズにスニーカーというういでたちでも、くつろいだ雰囲気はまったくない。結婚式でちょっと会ったときと同様によそよそしく見える。

　礼儀正しい笑顔で挨拶しても、彼は非難めいた目をして完全に無視した。なぜかわからないが、ハネムーンが正式に終わったのだとゾーイは察した。

「ラシード、おまえも礼儀を心得ないといけない」ゾーイが着替えのために寝室に入るのを見ながら、ナディールは言った。そして、彼女がドアを閉めるまで待ってから、弟に目を向けた。「僕のハネムーンをだいなしにしたばかりか、ゾーイに無作法なまねをして」

　ラシードは叱責を無視している。その態度にナディールは眉をひそめた。ゾーイのなにが気に入らないのだろう？　花嫁を一族に迎え入れるべきなのに。

「来たのにはそれなりの理由があるんだろうな」ラシードに座るよう促した。ふだんなら弟に会うのはうれしいが、ゾーイとの関係はだれにもじゃまされたくない。早く妻との間に強い絆を築きたいのだ。

「ハネムーンはもう一カ月も続いている」ラシードがソファに腰を下ろし、両腕を背もたれに伸ばした。

「仕事もこなしているぞ」だが、通常の厳しいスケジュールを守っていない。責務は果たしていても、ゾーイが優先事項になっている。

「僕は父さんからの伝言を伝えるだけだ」ラシードが脚を組んだ。「兄さんはシークだ。国家の問題に対処しなくてはならない」

「あさってには帰国する」ナディールは窓の前へ行って、ニューヨークを象徴する景色を見渡した。

「それまで待てなかったのか?」

「兄さんが直面しているものを教えたかった」ラシードが立ちあがってそばまで来た。「野獣はアメリカ人の花嫁に飼いならされてしまったとみんなが言っている」

飼いならされた? ナディールは鼻で笑った。ゾーイのことになると、なぜか文明的でなくなる。彼女のことを考えただけで、激情に駆られ、縄張り意識が頭をもたげるのだ。「やつらもほどなくそのニックネームを忘れるさ」

「それは、兄さんが弱腰になったからだ」ラシードが言い返した。「兄さんの進歩的な意見の多くが今では攻撃にさらされている。それも兄さんがもうそれほど冷酷だと思われなくなったからだ」

「ばからしい。僕を見くびらないほうがいいことを見せてやるさ」それに、国民もゾーイのことを知れば、未来の国王の妻として敬愛するようになるだろう。「それで思い出したが、ゾーイを保健省に入れようと思う。医学に興味を持っていて、長年女性の健康のために働いていた」

ラシードが口をぽかんと開けてナディールを見つめた。「まさか本気じゃないだろう?」恐怖に駆られたような声だ。

「どうしてそんなことを言う?」

「兄さんは政治的な理由で結婚した」ラシードは寝室のドアを指し示した。「ゾーイ・マーティンは目的を達成するための単なる手段だ」

ナディールは顎をこわばらせて癇癪《かんしやく》をこらえた。ラシードの口調が気に入らない。弟もすぐに知るだろう。政略結婚で結ばれた相手が、今ではこのうえなく大切な存在になったことを。

「それなのに彼女を豪勢な旅行に同伴している」ラシードがスイートルームを身ぶりで示した。「兄さんが彼女の助言に従って行動しているという噂もある。そして今度は突然、彼女に王国の有力な地位を与えるのか？　彼女はよほどベッドのテクニックに長《た》けているんだな」

ナディールは弟のTシャツをつかむと、窓に押しつけ、低いうなるような声で言った。「ゾーイのことを話すときには口に気をつけろ。彼女は僕の妻だ」

「彼女は兄さんの盲点だ」ラシードが言い返した。「彼女との結婚は部族との対立を解消するためだった。それなのに、彼女に西欧化されてしまった」

「僕がだれかに指図されると思うのか？」

「兄さんがゾーイに出会うまではありえないと思っていた」ラシードはナディールの手からTシャツを引き離した。「だが、ビジネスの世界では別の噂が立っている。兄さんは彼女に夢中でまともにものが考えられなくなっているとさ」

ナディールは片方の眉をつりあげた。「アテネの実業家は賛同しないだろうな」メキシコシティとなると話は別だ。ゾーイと戦略を話し合って、奇跡的に成功をおさめたのだから。

「兄さんは以前のように集中していない。必死になっていない。妻のせいで危険なほど気が散るようになった」ラシードが言いたてた。

「僕がすべての会議に出ず、常に連絡が取れるわけでないからといって、どうだというんだ？」いらだちに声が鋭くなった。「自分の行動についていちいち説明する義理はない」

「兄さんは妻のせいで腰抜けになったんだ。彼女に保健省の地位を与えるだって？」ラシードが不満の声をあげた。「いったいどうしてしまったんだ？」

確かに僕はゾーイに夢中だ。だからといって、意思決定を誤ることにはならない。それどころか、以前よりものが見えるようになってきた。ゾーイは、国王になったときに絶対必要な妻だ。

「計画はどうなった？」弟がぶつぶつ言った。「じゃまにならないように彼女を山間《やまあい》の離宮に送りこんで、オマイラでの生活に戻るはずだったじゃないか」

「だからどうした？」ゾーイを知らないときに立てた計画だ。だが、もう彼女なしには生きられない。

「ゾーイは足手まといだ。さっさと計画を実行しろよ。早ければ早いほどいい」


ゾーイは寝室のドアをそっと閉め、あとずさりした。心臓が早鐘を打ち、胃が締めつけられた。ラシードの言葉が頭を駆けめぐって、吐き気がする。

ナディールは私を山の中に追い払うつもりだ。めまいがして、椅子の背につかまった。彼は自分の生活に戻り、私のことはどこかに隔離して忘れたがっている。彼にとってはなんでもないことでも、私にとっては煉獄《れんごく》だ。

だれも信用していないのに、彼を信じてしまった。私を気にかけてくれていると思いこみ、愛情のようなものすら感じていた。でも勘違いだった。ナディールは私とのセックスを楽しんでいただけ。

両手に顔をうずめ、吐き気をこらえて浅く息をついた。銃弾をあやうくかわしたような気がする。ナディールのために夢をあきらめるところだった。男なんかのために。苦々しい思いがこみあげた。

考えただけで胸が悪くなった。目標にこれだけ近づいたのに、幻想でしかないもののために背を向けるところだった。

自分の愚かさに辟易《へきえき》した。保健省の話も嘘《うそ》？　あの愛撫《あいぶ》も深夜の語り合いも？　ナディールは本気だったと信じたい。でも、もう確信が持てない。

手足が震えだした。逃げたい。隠れたい。泣きたい。でもできない……今はまだ。完全に行方をくらまさないうちは。

いつもと変わらないふりをしなくては。そのためには、部屋に隠れて傷をなめていてはいけない。ゾーイは力の入らない脚で椅子から立ちあがった。

私はハネムーン中の幸せな花嫁のはずよ。ほんの数分前まで感じていたことを思い出すのはつらい。ナディールの計画にまったく気づかないとは、なんておめでたかったのかしら。

まばたきをして涙をこらえ、深呼吸をした。やってみよう。初夜に内気なバージンの花嫁をうまく演じられたのなら、これだってできる。ナディールは世間知らずの女性を期待している。そう思うと怒りがこみあげてくるけれど、夜更けに姿を消すまで、それほど長く演技を続ける必要はないだろう。

背筋を伸ばし、髪を払った。怒りがつのって熱く激しく燃えあがり、徐々に心を侵食してくる。もう一度深呼吸をして、顔に笑みを貼りつけた。さあ、ショータイムよ。

ドアを大きく開け、居間へ出ていった。二人が振り向いても、ナディールとは目を合わさないようにした。すっかりパーティ気分だと言わんばかりに、腰を振って歩いた。

「遅くなってごめんなさい」ナディールに顔を向けずに言った。「ラシード、あなたも一緒にナイトクラブへ行く？」

ラシードは答えようとしなかった。予想はついた。今後死ぬまで幽閉される義姉と言葉を交わしても意味はない。

「ナイトクラブ?」ナディールが明るいブルーのボンデージドレスとピンヒールのパンプスを見つめ、残念そうに言った。「すまない、ゾーイ。今夜は行けない。問題が起きた」

「まあ、がっかりだわ」口をとがらせると、ナディールの目が唇に吸い寄せられた。目を読まれるより、口元を見られるほうがいい。「だったら一人で行こうかしら」

「一人で……?」ナディールがぼんやりと繰り返し、ラシードはあんぐりと口を開けた。

「大丈夫よ」元気に手を振り、彼の心配を一蹴した。さっさとエレベーターに向かうと、激しい感情が身内でわき返った。ヒールがこつこつ鳴って、早鐘を打つ鼓動と共鳴する。「警護隊がいるもの。私は安全よ」

「クラブに行ってはいけない」

ナディールの厳しい命令にはだれでも従うが、ゾーイは聞く耳を持たなかった。ジャザールに帰国する前に逃げなくてはならない。ナディールのもとにとどまる気にならないうちに彼から離れなくては。

「でもあなたは忙しいんでしょう」振り返らずにエレベーターのボタンを押した。開いて……早く開いて……お願いだから……。

「ゾーイ、ここにいるんだ」ドアが開いたときには、ナディールがそばまで来ていた。ゾーイの肘を取り、向き直させると言った。「急用にそれほど時間はかからない。ラシードと一緒にここで片づける」

ああ、失敗だった。絶望が胸をかきむしった。ここを出て、姿を消さなくてはならないのに、ナディールは放そうとしない。目が離れた隙に、彼の人生から消えようなんて、やっぱり無理だった。

「電子書籍をダウンロードするといい」彼がエレベーターから連れ戻した。「僕もすぐに行くから」

「あなたがそう言うなら」今夜は逃げられそうにない。好機を待たなくては。「おやすみなさい、ラシード」ゾーイはにっこりしてみせた。

ラシードはなにも言わずにそっぽを向いた。私のことが本当に嫌いなのだと、笑みを浮かべたまま思った。

「おやすみなさい、ナディール」頬に軽く唇を触れたが、彼がキスをしようとする前にさっと身を引いた。そして、涙がこぼれないうちに急いで寝室に入った。

うかつだった。彼の香り、感触、ぬくもりはいつだって感情をかきたてる。彼と親密になってはいけなかった。チャンスがあったときに去るべきだった。でも今度こそ、その間違いを埋め合わせるつもりだ。

14

「行ってしまった？」衝撃が体を貫いた。ナディールはオフィスの中央に立つ警護隊長のグレイソンを見つめた。「ゾーイが行ってしまったとはどういうことだ？　どこへ行った？」

どす黒い感情が酸のように体を焼いた。ナディールはすぐさま行動に移りたい気持ちを抑えた。飛び出していって、街をくまなくさがしたい。彼女を見つけ出して、無事連れ戻さなくては。

「わかりません、殿下」グレイソンが認めた。感情を抑えているが、自分のミスに動揺している。「ロックフェラー・プラザのあたりで見失いました」

ゾーイが行ってしまった。

言葉が頭の中に波紋を広げた。昨夜はずっとラシードとビジネスの検討をしていた。今朝ようすを見たときには、ゾーイはまだ眠っていた。起こしたかったが、欠席できない朝食を兼ねた会議があった。

片手で顔をぬぐった。ゾーイがいなくなった。もっとしっかり見張るべきだったが、つい油断してしまった。自己満足していた。

「想定される最良のシナリオは道に迷ったというものですが、それはないと思います。我々が見つけたはずですから」

「もう一時間になるのか？」ナディールは椅子から勢いよく立ちあがると、机のうしろを行ったり来たりした。ただちに報告をもらうべきだった。「ゾーイは迷ったのではない。それならもうホテルに戻っているはずだ」

「機器はすべて配備しました」グレイソンが断言した。「もし誘拐なら、電話が――」

「誘拐ではない」ナディールは窓の前で立ちどまった。ハドソン川が見晴らせる。ゾーイは結婚した当初からアメリカに来たがっていた。彼女をここに駆りたてたものは一つしかない。いや、一人と言うべきだ。激しい嫉妬が胸に渦巻いた。

「執事には連絡を取りました」グレイソンが告げた。「王女は荷造りしていません。なにもなくなっていません」

ナディールは口元をゆがめた。警護隊でさえゾーイが去る可能性を考えていたのに、僕はありえないと思っていた。彼女を楽しませ、満足させるためになんでもした。どこがいけなかったのだろう？

「ムサド・アリの所在を調べろ」低くうなるように言って、灰色の空をちらりと見あげた。「やつが見つかれば、ゾーイも見つかる」

真実を認めなくてはならない。ゾーイが野獣と結婚した真の理由はムサドだ。叔父の家やジャザールを出るだけでなく、恋人と一緒になりたかったのだ。

「遠くへは行けないはずです」グレイソンの声が遠くから聞こえるような気がする。「空港、レンタカー会社、バス停と電車の駅を調べます」

アメリカに来て、ゾーイの態度は変わった。口数が少なくなり、考えこんでいた。窓の外や自分の手をじっと見ている姿をよく見かけた。あれは恋人のことを夢見て、再会の計画を練っていたのか？

「携帯電話を持っていないのが残念です」グレイソンが言った。「あればGPSで追跡できるのに」

胸に希望がよぎり、ナディールはゆっくりと頭を上げてグレイソンを見た。「追跡する方法がある」

「よかった。どうやって連れ戻しましょうか？」

ナディールは息を吐いた。「連れ戻しはしない。そのまま行かせる」なんとかそれだけ言った。

数カ月後

「本当に家に帰りたいの、ゾーイ？」アパートメントの前で、キャシーが尋ねた。「まだ十二時にもなっていないのよ」

「ありがとう。でも、明日は仕事の初日なの」ゾーイは友人に言った。「ひと晩じゅうパーティをしていたら、元気に働けないわ」

「わかった、わかった」キャシーが折れた。

「おやすみなさい！」ゾーイは手を振った。大学生のグループと出歩くのは楽しい。共通点はなくても、一緒にいればそれほど寂しさを感じない。

ここテキサス州ヒューストンにはほんの数カ月いるだけだが、質屋とジャザールで磨いた交渉力のおかげで、夢をかなえるために必要な資金をなんとか調達できた。高校卒業認定試験に受かり、近々コミュニティカレッジの夜間クラスに通う予定だ。明日からはクリニックの受付で働く。医者になる夢に近づいたわけではなくても、正しい方向への第一歩だ。

この帰郷は、ジャザールでの孤独な暗い日々に想像していたものとは違った。自由を獲得するとすぐに、どうしても生まれ育った家に帰りたくなった。テキサスの土を踏めば安堵《あんど》を感じると思っていたのに、実際にはとまどい、混乱した。

生家は取り壊され、新しい家が立っていた。友人は引っ越していた。第二の我が家だった病院もさま変わりしていた。両親を思い出させるものはほとんどなく、墓を訪ねるしかなかった。

墓地にたたずんで、両親の簡素な墓石を見つめ、家業を継がなくてはと思った。記憶をとどめるための写真も家宝もないが、医療活動をしているときにはいつも両親を身近に感じていた。

少しずつ生活を再建し、住まいも手に入れた。ワンルームのアパートメントはテーブルとソファベッドを入れればもういっぱいだ。でも、今必要なのはそれだけだし、そのすべてが自分のものなのだ。

友人のティモシーがいつの間にかそばにいた。

「ドアまで送るよ」

「やさしいのね。でも大丈夫よ」新しくできた友達はみんな私を守ろうとする。私が都会の生活に慣れていないのがわかるのだ。

「いいから」彼はゾーイの肘を取ると、アパートメントの中へ導いた。

廊下を歩く間、黙っていた。ティモシーもじきに私が自分の面倒くらい見られることがわかるだろう。彼は私の人生についてほとんどなにも知らない。新しい友達はみんなそうだ。まだ完全に打ちとけてはいないから、過去については話していない。話してもたぶん信じないだろう。古着屋で買った服を着るシークの妻なんていないはずだ。

まだシークの妻だとしたらだけれど。夫から連絡はない。ナディールには見つからなかった。そもそも彼はさがしたのかしら？　むしろ新しい妻をさがしているんじゃない？　もっとふさわしい女性を。

ドアまで来てそんな思いを押しやり、鍵を取り出した。「もう大丈夫よ。ありがとう、ティモシー」

「どういたしまして」ティモシーがドア枠に腕をついて身を乗り出した。「初仕事、がんばれよ」

「ありがとう。少し不安なの」必死にここまでたどり着いた。それがむだになったらどうしよう？

「きっとうまくいくよ」ティモシーがゾーイの肩に手を置いた。「明日の晩、お祝いをしよう」

「ぜひそうしたいけど、みんな明日は授業があるのよ」

「僕たち二人でだよ」ティモシーが肩に置いた手に力をこめた。「デートみたいに」

ゾーイは鍵を落とした。すばやくかがんで拾いながらも、頭がくらくらしていた。ティモシーが私に興味を持っているなんて知らなかった。

私も興味が持てればいいのに。彼はいい人だ。頼りになって、親切で、勤勉。しかもハンサムで、一緒にいると楽しい。彼なら間違いない。

でも、彼はナディールじゃない。

それが問題だ。悲しみと後悔がこみあげた。私はまだ夫を愛している。彼がいないのが寂しくてつらい。ほかの男性とつき合うなんて考えられない。

「ありがとう、ティモシー。でもだめなの」体を起こし、鍵を握り締めた。「ある人と別れたばかりで、それで……」

ティモシーがわかったというように両手を上げた。「もういいよ。タイミングが悪いんだろう」

「そうなの」面倒なことにならなくてよかった。これもティモシーのいいところだ。感情の波が少なく、常に穏やかに接してくれる。

「待つことにするよ」

ゾーイは奥歯を嚙《か》み締めた。待ってもなにも変わらない。ナディールに感じたものをティモシーに感じることはありえない。燃えるような熱いものがないし、ティモシーのために夢をあきらめるなんて考えられない。

でも、たぶんそれでいいのよ。

「明日、どうだったかようすを聞くよ」ティモシーがゾーイの頬にキスをした。唇はひんやりした肌からしばし離れなかった。「いい夢を見ろよ」

「おやすみなさい」ゾーイは静かに言って、彼を見送った。どうしてこうなったのかわからない。彼にそれらしいそぶりなど見せていない。それを言うなら、どの男性にも。ロックフェラー・プラザで姿をくらました瞬間から、周囲には目もくれずに自分のことに集中してきた。

かぶりを振って部屋に入った。照明をぱちんとつけたとたん、息がとまった。ナディールがソファベッドに座っている。心臓が飛びはねた。二人の間に熱いエネルギーがみなぎり、荒れ狂った。

彼は妻を取り戻しに来たのだ。

「ナディール!」ゾーイはナディールを見つめた。目をそらせないし、動けない。黒のデザイナーズスーツを着こんだ彼は恐ろしげに見える。静かに座っているが、くつろいだ雰囲気はまったくない。油断なく警戒して、今にも飛びかからんばかりだ。

「あの色男はだれだ?」うなるように尋ねた。

「ここでなにをしているの?」神経がことごとく活気づき、感情が渦巻いて爆発しそうだ。さっきまでぼんやりしていたのが、急に生気を取り戻したかのようだ。「どうやって入ったの?」

「君を家に連れて帰るために来た」

家? とんでもない。むしろ監獄でしょう。ジャザールの人里離れた山の中に送りこみたいくせに。外に飛び出して、できるだけ遠くへ逃げなくては。でも、ナディールが二度も私を見失うわけがない。

ナディールが一歩近づいた。「叔父のタリーフは君を厳重に監視した。その叔父に逆らう者は親族にはいない。しかし、結婚すれば夫が使える」

ゾーイは歯を食いしばった。悪いことをしたとは思わない。ナディールにも私と結婚する理由があったのだ。彼自身の目的が。私にも同じように自分の夢を追う権利がある。

「アメリカに来たがったのは、感傷的な理由からだと思っていた」ナディールの顎がこわばった。「メキシコシティでようやく真実に気がついたよ」

公衆衛生会議に出席したせいで、私が夢をあきらめていないことを察したのだろう。「それでもアメリカに連れてきたの？」

ナディールが肩をすくめた。だが、その目には純然たる苦悩がうかがえる。「傲慢にも君は僕を選ぶと思ったんだ」

私は彼を選んだわ。あの計画を聞く瞬間までは。

「どうやって見つけたの？」声がかすれた。

ナディールが立ちあがった。「君の電子書籍リーダーにはＷｉ‐Ｆｉが装備されている。警護隊は君が消えた日からおおむね所在を特定できた」

ゾーイの口元に苦い笑みが浮かんだ。贈り物はすべて置いてきたが、バッグに入れたリーダーは忘れていた。結局はほかのものと一緒に質に入れたけれど、あれだけはあきらめるのがつらかった。

「ずっと所在がわかっていた？」疑いに目を細めた。

「信じないわ」

「君が野獣と結婚した理由がようやくわかったから行かせたんだ」ナディールが感情を抑えた声で言った。「叔父の家を出ることは、君の計画の第一段階にすぎなかった」

ゾーイは黙っていた。事実だから。ナディールにはすべてがわかったに違いない。

「だが、男性親族が一緒でなければ出国できない」

でも、そこまで彼に惹《ひ》かれていたことを知られたくない。ゾーイは口元を引き締めた。彼をいい気にさせてはならない。

ナディールが深いため息をついた。「だが、僕の犠牲的な行為はむだに終わった。君は彼に会わなかった。連絡を取ろうともしなかった」

ゾーイは眉をひそめた。「だれと？」

「ムサド・アリだ」彼が不快そうに言った。「君の初恋の相手だよ」

ゾーイはナディールを見つめた。ようやくのみこめてきた。「国外に出るためにこれだけのことをしたのは……ムサドと会うためだと考えたの？」

彼がきっぱりとうなずいた。

「信じられない。私をごみのように扱った男性と再会するためだなんて」ゾーイは両手を腰にやった。「私をどういう女だと思っているの？　自分を捨てた男に会いたがると本気で考えたの？」

「だったら、どう考えればよかったんだ？」

ゾーイはナディールをにらみつけた。「私がムサドをさがす理由があるとしたら、彼を蹴飛ばすためでしょうけど、彼にはその価値すらないわ」

「それは彼にふられたからだろう」

「はっきり言っておくわ」怒りに頬が紅潮した。「ムサドは元恋人。あくまで元よ。私は彼に恋していないし、以前も本気で恋したわけじゃなかった」

「それじゃ、なぜ逃げた？　なぜ僕を捨てた？」

「あなたと暮らすために、夢をすべて犠牲にするつもりだったからよ」私は偽りの関係に夢中になっていた。本物に思えたから。確かで、ずっと続くものだと。でも、あれはただの幻想で、私はあやうく夢を失うところだった。私の自由を。「あなたの計画を知らなかったから。あなたはハネムーンが終わったあとまで私との関係を続ける気はなかった」

ナディールが一歩下がった。「そんなことは一度も言っていない」

嫌悪に口元がゆがんだ。彼はまだ嘘《うそ》をついている。

「聞いたのよ、ナディール。あの最後の夜、ラシードと話しているのを。あなたは私をジャザールの山の中に閉じこめるつもりだった」

ナディールは荒々しく悪態をつき、髪に手をすべらせた。「それは君に出会う前の計画だ」

「ベッドでの相性がいいと気づく前ってことね」ゾーイは腕を組んだ。「だから、出張に同行させた。さもなければ、私は山に閉じこめられていたわ」

ナディールは歯を食いしばった。「僕たちの間にあったのはベッドでの相性のよさだけではないと思いたい」

「ええ、そうよ。私にはそれだけではなかった」ゾーイは認めた。涙がこぼれそうだ。「あなたを信頼できるようになって、あなたのために夢をあきらめようとしていた。あなたと一緒に帰国するつもりだった。あなたを愛しているからよ」

ナディールの顔にショックが走った。彼は私の気持ちを知らなかったの？　そんなはずないわ。彼が部屋に入ってくるなり私の顔がぱっと輝くのを見れば、明らかだったんじゃない？　私のキスからだって。私は繰り返し彼に信頼を寄せた。だれにでもそんなことをするわけじゃないわ。

「私は本気でジャザールに帰れると思った。二度と足を踏み入れないと誓った場所に」涙が頬を伝うのを感じて、邪険に払った。「あなたが愛してくれることはなくても、一緒にいると、愛され大切にされていると感じられた。でも、すべては嘘だった」

「嘘じゃない」ナディールが手を差し伸べたが、ゾーイはあとずさりした。背中がドアに当たった。

「君を愛している、ゾーイ。戻ってきてほしい」

息がつまった。彼が私を愛している？　いいえ、信じない。彼はなにかを企《たくら》んでいる。「絶対に戻らないわ。あんな計画を知ってしまったのに、あなたを信頼できると思う？」

「僕は君と一緒にいたい。毎日。毎晩」ナディールがさらに一歩近づいた。「そばにいてほしい」

ゾーイは首を振った。「なぜ？　あれから何カ月もたっているのよ」

「君に最善をはかったつもりだった。君を行かせたときほどつらかったことはなかった」彼が白状した。

「でも、ずっと跡を追っていたんでしょう」

「君の安全を見届ける必要があった。ただし君が思いどおりに暮らせるように、僕は遠くから見守っていた。だが、君とは別れられない。僕の人生には君が必要だ」あまりにもあからさまな言い方だった。

「そんなことはないわ。別の妻をさがすべきよ。私は史上最悪のシークの妻だもの」彼がさらに近づいてくる。声が甲高くなった。「私は足手まといよ」

「違う」ナディールがドアに両手をついてゾーイを囲いこんだ。「君は僕が求める妻だ。僕に必要な助言者だ。僕たちならすばらしいチームになれる」

「いいえ」思い出したくない。ナディールとつながっていると感じた瞬間のことは。二人がしっくりなじんでいると思ったときのことは。

「ゾーイ」ナディールが懇願するように呼びかけ、額をゾーイの額に預けた。「僕は務めを果たすために多くのことをあきらめてきた。だが、君のことはあきらめない」そして、唇でゾーイの唇に軽く触れた。かすかに触れられただけなのに、彼女の体に衝撃が走った。それでも自制心を総動員してじっと動かなかった。「頼むよ、ゾーイ」感情が高ぶり、声がしわがれている。「頼むから僕たちの結婚にチャンスをくれ。君がいなくては生きていけないんだ」

「でも、私はあなたと一緒では生きていけない」ゾーイは小さな声で言って、両手を彼の胸に当てて押し戻そうとした。「ジャザールでは無理よ。私がしたいことをさせてくれない王室にいては」

「僕が全力で君と君の夢を守る」ナディールが彼女の手をしっかりとつかんで約束した。「医学の学位が取れるように、君には最高の家庭教師をつける」

ゾーイは立ちすくんだ。「王室が許さないわ」

「二人で結託して許可を取ろう。君が医療活動をする権利も」

「闘争になるわ」醜悪で痛烈な闘いは、王国における彼の立場を弱めかねない。

「やるだけの価値はある」ナディールがゾーイの手を取り、てのひらに唇を押し当てた。「それに君はいつでも旅行できる。男性親族の許可がなくても」

ゾーイの心に希望の火がともった。「私が逃げるんじゃないかと心配じゃないの？」

「君を信頼している」

ゾーイは彼の目をのぞきこんで、本心だと悟った。何度逃げても、彼のもとへ戻ると信じている。

もっと勇敢ならいいのに。彼と一緒にいたい。でも怖くてできない。「ジャザールには戻れないわ。いつも閉じこめられている気がしていたの」

「わかっている」

「あなたとは一緒にいたい」ゾーイは認めた。「だけど、その危険を冒す自信がないわ」

「だから僕たちはここに住むんだよ」

ゾーイは目を見開いた。聞き違いじゃないわよね？「ここ？　テキサス？　あなたはジャザールにいなくては。自分でそう言ったじゃないの」

「ここと ジャザールに家を持つ。僕は必要に応じて帰国する。君も覚悟ができたら帰ればいい」

祖国は彼にとって大切なものだ。とても捨てさせられない。いくら国際人でも、砂漠で育ったのだ。

「でも、ジャザールは……」

「今、多くの変化を経験している」ナディールがあとを引き取った。「ジャザールに帰国して、君の目で見てみた。僕はあの国を、君が安全で自由だと感じる場所にしているところだ」

「あなたがそんなことを？　私のために？」ゾーイは驚き、彼の顔を両手で包んで見つめた。「でも、もし私にずっと帰国する覚悟ができなかったら？」

「そのときには、家庭はどこかほかに作る。僕は君の住みたい場所に住む。だから、僕たちの結婚にもう一度チャンスを与えると言ってくれ」

ゾーイはナディールの目を見つめた。心臓が早鐘を打つのを感じながら、思いきって信じてみた。

「ええ、ナディール。あなたと一緒に暮らしたい。私ももう一度チャンスが欲しい」

ナディールの黒い瞳が勝利に輝いた。「失望はさせない、ゾーイ。約束する」

「信じるわ」おずおずとほほえむと、ナディールが彼女の唇を熱く奪った。

エピローグ

二年後

ゾーイはたくましいアラブ馬に乗るナディールの前に座り、二人でジャザールの砂丘に太陽が沈んでいくのを見守っていた。風が出て涼しくなってきたが、彼の腕の中は暖かく安全だった。

「あなたの言うとおりね」ナディールの肩に頭をもたせかけて静かに言った。「ジャザールの日暮れは世界で最も美しい光景だわ」

「僕はたしか、ここにまさる場所はないと言った」ナディールがささやき、彼女の髪を撫《な》でた。

やさしい感触に肌がうずく。「私にはわからないわ。あなたほど多くの旅はしていないから。まだ」

この一年、公衆衛生会議に出席するために何度か一人で海外に出かけた。旅行は楽しく、貴重な情報を得たが、あまり長く家をあけたくはなかった。

金色の光線がしだいに薄れ、空がサファイア色に変わった。満足の吐息がナディールの口からもれた。

「ジャザールはますます美しくなっている」

「同感だわ」ナディールのおかげだ。彼は国王ではないが、その権力と人脈を使って、王国を徐々に近代化している。今ではジャザールを監獄とは思っていない。むしろ急速に発展しているパラダイスに思える。砂漠は私の故郷、安息所だ。

ナディールが彼女を見おろした。「本当に？」

「ええ、今日の産婦人科病院の開業はすばらしかったわ」保健省に聞き入れてもらうのには苦労したが、なんとか声を届かせたのだ。

「ご両親も名前にちなんだ病院ができるのを光栄に思ってくださるだろう」

ゾーイはうなずいた。「王国にもっと多くの病院ができるのが待ち遠しいわ」

「そして、いつか君はその病院で働く」ナディールの声は誇らしげだ。

「いつかね。会議にはもう行かないほうがいいわね」ゾーイはそう言って、カフタンのひだに隠れたおなかのまるみを撫でた。「一、二年は家にいるわ」

「いい考えだ」ナディールが彼女の手に手を重ねた。ゾーイは彼の手が子供のいるおなかをやさしく包みこむのを見て、喉のつかえをのみこんだ。「だが、退屈しないか？」

「まさか。この子が生まれるまで、私のスケジュールはぎっしりつまっているのよ」

ゾーイには多くの夢があり、それを実現できるよう、ナディールが気を配ってくれていた。生活は充実し、想像力を思う存分発揮できる。

「山荘に戻らないと」ナディールがいくらか残念そうに言って、手綱を軽く引いた。「アラビア語の家庭教師が待っている」

ゾーイは人生のほとんどあらゆる瞬間を愛していたが、アラビア語の読み書きにだけは手こずっていた。「今夜は授業を休んでもいい？」

「僕たちの赤ん坊にジャザールの民話を読んでやりたくないのか？」

「このままだと赤ちゃんが私に読んでくれることになりそう」

ナディールがくっくっと笑った。「新たな発奮材料が必要らしいな。僕たちの結婚契約書を読んでみたらどうだ？　僕がどんなことを約束したか知りたくないか？」

「その必要はないわ」彼は私の勉強を支え、保健省を変革しようとする私を励ましてくれる。私を守り、安全で愛されていると感じさせてくれる。私は今、夢にも思わなかった生活を送っている。「あなたは必要なものをすべて与えてくれたわ」

ナディールはゾーイの顎の下に手をあてがって頭を上げさせた。自分の顔が見えるように。彼の目に愛と献身を見て、ゾーイの鼓動が速くなった。

「愛しているよ、ゾーイ」ナディールがゾーイの唇に自分の唇でうやうやしく触れた。

ゾーイはナディールの頬に手を添えてキスを深めた。彼に愛されているのはわかっていても、毎日その言葉を聞きたい。彼は私が信頼して愛せる男性、心から頼りにできる男性だ。

「私も愛しているわ、ナディール」ゾーイは心をこめて言った。「さあ、家に帰りましょう」

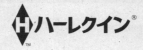

ハーレクイン・ロマンス　2014年1月刊（R-2924）

生け贄の花嫁
2025年2月20日発行

著　　者　スザンナ・カー
訳　　者　柴田礼子（しばた　れいこ）

発 行 人　鈴木幸辰
発 行 所　株式会社ハーパーコリンズ・ジャパン
東京都千代田区大手町 1-5-1
電話 04-2951-2000（注文）
0570-008091（読者サービス係）

印刷・製本　大日本印刷株式会社
東京都新宿区市谷加賀町 1-1-1

ISBN978-4-596-72189-1 C0297

◆◆◆◆ハーレクイン・シリーズ 2月20日刊 発売中

ハーレクイン・ロマンス

愛の激しさを知る

記憶をなくした恋愛０日婚の花嫁 《純潔のシンデレラ》	リラ・メイ・ワイト／西江璃子 訳	R-3945
すり替わった富豪と秘密の子 《純潔のシンデレラ》	ミリー・アダムズ／柚野木　菫 訳	R-3946
狂おしき再会 《伝説の名作選》	ペニー・ジョーダン／高木晶子 訳	R-3947
生け贄の花嫁 《伝説の名作選》	スザンナ・カー／柴田礼子 訳	R-3948

ハーレクイン・イマージュ

ピュアな思いに満たされる

小さな命を隠した花嫁	クリスティン・リマー／川合りりこ 訳	I-2839
恋は雨のち晴 《至福の名作選》	キャサリン・ジョージ／小谷正子 訳	I-2840

ハーレクイン・マスターピース

世界に愛された作家たち
～永久不滅の銘作コレクション～

雨が連れてきた恋人 《ベティ・ニールズ・コレクション》	ベティ・ニールズ／深山　咲 訳	MP-112

ハーレクイン・プレゼンツ作家シリーズ別冊

魅惑のテーマが光る
極上セレクション

王に娶られたウエイトレス 《リン・グレアム・ベスト・セレクション》	リン・グレアム／相原ひろみ 訳	PB-403

ハーレクイン・スペシャル・アンソロジー

小さな愛のドラマを花束にして…

溺れるほど愛は深く 《スター作家傑作選》	シャロン・サラ 他／葉月悦子 他 訳	HPA-67

文庫サイズ作品のご案内

◆ハーレクイン文庫・・・・・・・・・・・・・・毎月1日刊行
◆ハーレクインSP文庫・・・・・・・・・・・毎月15日刊行
◆mirabooks・・・・・・・・・・・・・・・・・毎月15日刊行

※文庫コーナーでお求めください。

2月28日発売　ハーレクイン・シリーズ 3月5日刊

ハーレクイン・ロマンス
愛の激しさを知る

二人の富豪と結婚した無垢 〈独身富豪の独占愛 I〉	ケイトリン・クルーズ／児玉みずうみ 訳	R-3949
大富豪は華麗なる花嫁泥棒 《純潔のシンデレラ》	ロレイン・ホール／雪美月志音 訳	R-3950
ボスの愛人候補 《伝説の名作選》	ミランダ・リー／加納三由季 訳	R-3951
何も知らない愛人 《伝説の名作選》	キャシー・ウィリアムズ／仁嶋いずる 訳	R-3952

ハーレクイン・イマージュ
ピュアな思いに満たされる

捨てられた娘の愛の望み	エイミー・ラッタン／堺谷ますみ 訳	I-2841
ハートブレイカー 《至福の名作選》	シャーロット・ラム／長沢由美 訳	I-2842

ハーレクイン・マスターピース
世界に愛された作家たち
～永久不滅の銘作コレクション～

紳士で悪魔な大富豪 《キャロル・モーティマー・コレクション》	キャロル・モーティマー／三木たか子 訳	MP-113

ハーレクイン・ヒストリカル・スペシャル
華やかなりし時代へ誘う

子爵と出自を知らぬ花嫁	キャサリン・ティンリー／さとう史緒 訳	PHS-346
伯爵との一夜	ルイーズ・アレン／古沢絵里 訳	PHS-347

ハーレクイン・プレゼンツ作家シリーズ別冊
魅惑のテーマが光る
極上セレクション

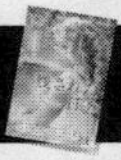

鏡の家 《ハーレクイン・ロマンス・タイムマシン》	イヴォンヌ・ウィタル／宮崎　彩 訳	PB-404

※予告なく発売日・刊行タイトルが変更になる場合がございます。ご了承ください。